もののけ達の居るところ2

夏と花火とつながる思い

神原オホカミ Ohkami Kanbara

ALPHAPOLIS
WEB CITY SINCE 2000
アルファポリス文庫

https://www.alphapolis.co.jp/

プロローグ

偶然と必然は、実は同じなのかもしれない。

偶然を装った必然が、世界にはある。

世の中に存在しているすべての出来事が偶然ではなく必然なのだとしたら、きっと今この身に起きていることも、自分にとって必要なことなのだろう。

『おーい、瑠璃《るり》!』

独特なエッジの効いた声で名前を呼ばれ、瑠璃は立ち上がった。すると今度は頭上付近から同じ声が聞こえてくる。視線を周りに向けても、声の主は見つからない。

『龍玄《りゅうげん》じゃ話にならへん。通訳頼むわぁ』

「今行くね!」

けれど瑠璃は自然とその声に返事をして、サンダルをつっかけると表玄関に向かった。

——小さい時から、瑠璃の耳は不思議な『声』を拾っていた。

神社の片隅で、部屋のベッドの下で、時には囲んだ食卓から。

家族からでも友人からでもない呼びかけを幻聴だと悩んでいた彼女が、声の正体を知ることになったのはつい半年ほど前のことだ。

結局今でも瑠璃に声の主の姿は見えないが、もう彼らの声を瑠璃が恐れることはない。

声の主たちは『もののけ』と呼ばれる人の妄念が生み出した生き物で、たいそう愛らしく憎めない存在である、と知ったからだ。

瑠璃は、とある縁あって知り合ったこの家の主《あるじ》、日本画家の龍玄が住む広い日本家屋に居候をしている。彼は瑠璃とは反対に、『もののけ』を見ることはできるが声は聞こえない。

今でこそ彼はもののけ画家などと呼ばれているが、龍玄も以前は瑠璃と同様、この世のものではない生き物が見える体質に悩まされていた。

そんな二人がすったもんだの末に、龍玄の原画に住みついていたもののけ達に引っ越し先を提供したのは春先のこと。

そして忙しかった時期は過ぎ、梅雨の到来を待つ五月に屋敷に運ばれてきたのは——

「龍玄先生、彼は河童《かっぱ》で、名前はないそうです」

ぱたぱたと足音を響かせながら庭園を抜けて表玄関にたどり着くと、瑠璃は自分には何もいないようにしか見えない空間を手で示した。それから神妙な顔で耳をそばだてて、大仏池《だいぶついけ》から運ばれてきた怪我をしたもののけ——河童《かっぱ》の通訳をし始める。

「痛い痛いって、とてもしんどそうな声が聞こえてきます。ええと、頭に載っているお皿が割れてしまっているんですよね？」

瑠璃が訊ねると、龍玄は顎に手を当てて複雑な顔で頷く。その視線は、瑠璃と同じく何もない空間に向けられている。

「ぱっくり割れているわけじゃないんだ。ひびが入ってて」

龍玄はもののけが見えない瑠璃に状況を説明し、瑠璃は聞こえてきた声を龍玄に伝えながら現状を把握していく。

龍玄が言うには、河童《かっぱ》と聞いてみんなが想像するイメージではなく、丸々太ったカモノハシのような見た目だという。文鳥のような太い嘴《くちばし》と、苔緑《こけみどり》色の身体に手足には水かき。そして頭の上にある、河童《かっぱ》の代名詞とも言えるつやつやした皿を負傷しているようだ。

「……この皿を、俺にどうしろと……?」

『そんなん言《ゆ》うてないで、さっさと助けたって!』

龍玄は本気で考え込んで固まってしまっている。精悍《せいかん》な顔立ちは、伸びっぱなしの髪の毛と無精髭《ひげ》と苦悩の表情をもってしても隠しきれていない。

その間にも、瑠璃をこの場に呼んだ張本人であり、屋敷の長老もののけである桔《き》梗《きょう》がたいそうな勢いでまくし立てて、どうにか河童《かっぱ》を助けるように言っている。

桔梗の言葉を伝えて、さらに龍玄が複雑怪奇な表情になった時。桔梗とも河童《かっぱ》とも違う渋みのある声が天井のほうから聞こえてくる。

『おうい、助っ人呼んだで。これでもう安心や』

「先生、フクが助っ人を連れてきてくれるそうです」

声の主は、小さい時から瑠璃のことを見守ってくれているもののけのフクだ。もっふりとした毛並みの一つ目で、フクロウのような見た目らしいその子に、龍玄が「フク」と名付けたのだった。

伝えると同時に、龍玄の目線が瑠璃の肩に向けられる。

「助っ人?」

『超～頼りになるで。今は代表者だけ来てくれはったよ』

フクが言ったそのままを伝えたのだが、龍玄は眉間にくっきりしわを作った。

「頼りになる？　姿が見えないのだが……？」

『この子達は恥ずかしがりなんや』

フクの説明のあと、瑠璃の耳に小さな声が聞こえてくる。

『よろしくねぇ』

こうしてもののけ画家・高遠《たかとお》龍玄と彼の助手・宗野《そうの》瑠璃の住むお屋敷は、賑やかな新緑の季節を迎えていくことになる――

第一章

瑠璃が居候という形で龍玄の助手兼手伝いをしているのは、古都奈良の若草山《わかくさやま》のふもとにある静かな住宅地の一角。

神のお使いである鹿の侵入を防ぐため、周辺の家々の門には彼らが入ってこられない工夫がなされている。

『高遠』と書かれた木の表札がかけられているのは、思わず入るのを躊躇《ためら》うような豪華な数寄屋《すきや》門。ここが、日本でも指折りの人気を誇る芸術家、通称もののけ画家、龍玄の住まいだ。

屋敷の玄関からは、人の目には見えていない生き物――もののけ達が自由自在に出入りを繰り返している。龍玄の瞳には彼らが映り、瑠璃の耳には声が届くからだ。彼らもののけにとって、今や高遠家は心地のよい住処になっていた。

そんな二人の元に、怪我をした河童《かっぱ》が運ばれてきている。

『痛いよぉ……も、ほんまにあかん。死んでまう』

瑠璃は痛みを訴える声に眉をひそめた。龍玄に状況を訊ねると、河童《かっぱ》は地面にペタンと座り込み、頭のお皿を押さえてしくしく泣いているのだという。

あまりに痛い痛いとべそを掻いているので、瑠璃としては早く手当てをしてあげたい。

一方龍玄は腕組みしながら、瑠璃の肩――にいるフクをうろんな目つきでじいっと見つめている。

「……どこにいるのかわからないようなもののけが、手当ての切り札だと?」

『せや。小さいけど、めちゃめちゃ頼りになるで』

するとと、そんなフクの声に続いて、フクでも桔梗でもない声が届く。

『あのなぁ、まずは水に入れてやらんと可哀想やで』

五歳児くらいの小さな子どもの声だ。瑠璃はきょろきょろ辺りを見回した。もちろん姿は見えないが、とても近くにいるのだけはわかる。

「先生、水に入れてあげたほうがいいって聞こえるのですが」

「仕方ない。ひとまずは風呂に水を張って入れておくしかあるまい。準備してもらえるか？」

「もちろんです！」

龍玄とて、困っているらしい河童《かっぱ》を助けたくないわけではないのだろう。即座に返ってきた言葉に、瑠璃はすぐさま風呂場へ向かう。

同時に瑠璃は自分の近くにいるであろう、姿を見せない助っ人のもののけに感謝を述べた。

「あの、どこのどなたかわかりませんが、助けてくれてありがとうございます」

『安心しい、瑠璃。その声が、件《くだん》のエキスパアトや』

「もののけさん、手伝うことがあれば指示してね」

『わかったよぉ』

返事はとても小さくて、話し方もまるで子どものようだ。

いったいどんなもののけが現れたのだろうとワクワクする一方で、急いで河童《かっぱ》の手当てをしてあげなくちゃと思う。瑠璃は風呂場に飛び込んで、バスタブに三分の一ほど水をためた。

それから龍玄とものの け達にお願いして、河童《かっぱ》を連れてきてもらう。

瑠璃に河童《かっぱ》の姿は見えないが、一瞬、バスタブの中の水面がたぷんと波打ったように見える。おそらく、水の中に河童《かっぱ》が入ったのだ。さて、どうだろうと思っていると小さな声が瑠璃の鼓膜を揺らした。

『まだしんどそうやね。弟たち連れてくるさかい、待っとって』

そう言い残してもののけが去っていく気配がする。

瑠璃は声を聞き届けてから、たぶん河童《かっぱ》がいるだろう場所を見つめた。

「河童《かっぱ》さん。何かあればまとめ役の桔梗か、フクに伝えてくれる?」

『お嬢さん、ワシらの声が聞こえてはるの?』

「ええ。でも、私は見えないのよ。逆に龍玄先生は、見えるけれど声は聞こえないの」

瑠璃は隣で立ち尽くしている龍玄を紹介した。するとふんふんという音と一緒に、また河童《かっぱ》がしょんぼりとした声を上げる。

『そお、めちゃめちゃ助かるわ。でも痛《いと》うて痛《いと》うて』

「さっきのもののけが仲間を連れてきてくれるって言ってたけど……ちょっと待ってね」

あまりに悲痛な声に、瑠璃は自分にできることがないかと、慌てて救急箱を取りに行った。そして戻ってきて色々なグッズを取り出したところで、はたと手を止める。

「瑠璃、何をしているんだ？　まさか手当てを？」

「そう思ったんですが、でも……絆創膏《ばんそうこう》じゃ、お水に浸かったら剥がれちゃいますよね」

『もうそれでかまへん。えらい沁みるのよ』

河童《かっぱ》の言葉に頷いて、絆創膏《ばんそうこう》を取り出し――自分では彼の傷口に貼れないことに気がついた。腕組みしたまま横に立っている龍玄を見上げると、ものすごく嫌そうな顔をされてしまう。

「先生……」

「――……わかったから、そんな目で俺を見るな」

瑠璃から絆創膏《ばんそうこう》を受け取ると、龍玄は河童《かっぱ》の頭に貼ってあげたようだ。

しかし、引き続き唸り声が聞こえてくる。

『あ、あかん……まだ沁みるわ』

どうやら絆創膏《ばんそうこう》では足りなかったようだ。瑠璃は救急箱の中身を広げつつ、龍玄を振り返る。

「包帯じゃ取れちゃいますかね？　あ、ラップで包むのはどうでしょう？」

「陶器のような質感だから金継ぎするのがいいんじゃないか？」

「金継ぎのできる職人さんが、この辺りにいますかね？」

「文化財の修繕の職人なら……ああでも、そもそも見えないのか」

うんうんと頭を捻っていると、瑠璃の頭上にいる桔梗が呆れたような声を上げる。

『なーに二人して漫才してんねん！　しかも両方ボケてどないすんの！』

大真面目に会話をしていたつもりでいた瑠璃は、桔梗の言葉に肩を落とした。

たしかに人間相手でさえ傷の処置は難しいのに、ましてや怪我をしているのは姿の見えないもののけだ。自分が役に立てるとは到底思えない。

手を止めてしまった瑠璃を慰めるように桔梗の声が続く。

『ま、まあ、ラップはいい案やけど。それより、救急窮鼠隊《きゅうきゅうきゅうそたい》待っとったほうが確実やで』

「きゅうきゅう、きゅうそたい？」

まるで早口言葉のようなことを桔梗に言われて、瑠璃は首をかしげる。

すると、窮鼠という単語を聞いた龍玄が驚いた顔になった。

「窮鼠って、あの窮鼠のことか？」

桔梗が頷くと、龍玄は「なるほど」と言いながら作務衣《さむえ》の袂に手を入れて腕組みした。窮鼠と言われてもピンと来ておらず、どういうもののけか想像していた瑠璃に向かって龍玄が説明を始める。

「……いわゆる、ネズミに似たもののけだ。千年生きるとか、ネコを食べるとか。資料ではわりと大きめな姿で描かれていると思うが、実物は俺もまだ会ったことがない」

「先生も見たことがない、レアもののけですか」

瑠璃はますます、どんな姿かたちをしているのか気になってしまう。ソワソワしていると、桔梗が『あ！』と声を上げた。

『早いなぁ。みんなもう来てくれはったわ』

桔梗の声とともに瑠璃は風呂場に続いている廊下を見た。もちろん何も見えなかったのだが、しかし、龍玄がギョッとしたように眉根を寄せるのがわかる。

『お待たせぇ。弟たち、呼んできたよぉ』

先ほどの子どものような小さい声が響いてくる。それに応えるように、いくつもの
プップッという鳴き声が瑠璃の耳に届いた。

「待て、なんだか俺の知っている窮鼠と違うぞ。しかも、五匹に増えてないか?」

『彼らがその道のプロ。通称、救急窮鼠隊やで、先生』

フクの声とともに登場したのは、とても小さなネズミのようなもののけ――窮鼠だという。

「そんな小さいのに、もののけの手当てができるのか?」

龍玄が怪訝な顔をして彼らを見つめる。視線に気がついた窮鼠達はおののいたようだ。

『やだ! 僕たちのこと見えてる!?』

『えええええ、あかんあかん!』

『いや! 怖い!!』

騒ぐ声が一通り収まったのと、龍玄の眉間のしわが深くなったのが同時だ。瑠璃は見えずともわかる彼らの怖がりっぷりに、おずおずと手を挙げた。

「先生。このもののけ達は、恥ずかしがりだと先ほどフクが言っていたのですが」

「そのようだな。一瞬にして瑠璃の陰に隠れて、尻尾しか見えない」

声に反応して、彼らは尾っぽもきっちり隠してしまったようだ。龍玄が深くため息を吐いた。

救急窮鼠隊の五人衆が他の窮鼠と一味違うのは、それぞれが背中に小さな風呂敷を抱えていることだそうだ。風呂敷の中には、もののけの怪我を治す治療道具が入っているという。

『まあ、任せといたらええ』

フクがふふふふ、と意味深に笑った。

それから瑠璃は風呂場の入り口にしゃがみこみながら、救急窮鼠隊と河童《かっぱ》のやり取りをじっと聞いていた。今この場にいるのは、瑠璃と桔梗とフク、河童《かっぱ》と窮鼠達のみだ。

窮鼠らは、人に姿を見られることを異様に怖がっている様子が伺えた。

今までもののけ達にそこまであからさまに怖がられたことがない龍玄は、彼らの反応に多少ショックを受けたらしく、無言で部屋に戻ってしまった。

瑠璃は会話に聞き耳を立てる。

『どうしたらこんなところにひび入るのさ？』

『河童《かっぱ》、泳ぐの上手なのに』

『石でもぶつけられた？』

窮鼠達が可愛い声で訊ねると、河童《かっぱ》は痛そうに呻《うめ》きながら事故当時を振り返った。

『ワシが住んどる池でな〜、いつも通りぷかぷか浮いとった時のことや』

河童《かっぱ》がゆっくりしていると、凶暴な雰囲気をかもし出している亀が、大きな口を開けてやってきた。そして突然、齧《かじ》られそうになったという。

亀に襲われまいと、慌てて逃げた拍子に岩にぶつかり、頭の皿にひびが入ってしまった。

幸いにも、パカンと真っ二つという悲惨なことは避けられたが、それでもやっぱり水が沁みるのだという。爪が割れたら地味に痛いのだから、それが頭だったら想像以上につらいに違いない。

「びっくりしたし、痛かったよね」

『聞いとったわしもなんか全身痛《いた》なってきたわ』

フクに大丈夫か訊ねつつ、河童《かっぱ》には早く治療して良くなってほしいと願うばかりだ。

瑠璃が心配していると、河童《かっぱ》は唸りながら器用にため息を吐いた。

『普通の亀はおとなしいけどな、遠い国から来た亀は、なぁんか言葉もあんまり通じひんし、すーぐ齧《かじ》りついてきよる。とにかくおそろしい』

「外来種ってこと？」

瑠璃の疑問と同時に、窮鼠達の同意が重なる。

『わかる、怖いよねぇ』

『前も誰か齧《かじ》られとったよなぁ？』

『噛み痕くっついとったな』

彼らの話を統合すると、どこからか河童《かっぱ》の住処である大仏池に亀が持ち込まれた結果、気がつけば彼らの数が増えていたという。

『亀が外国から勝手に歩いてくるわけがないしな、捨てられたと違うか。家族に見捨てられたってわかってるやろし、寂しいんやろな』

事情はわかるんや、でもなあ、と河童《かっぱ》が言う。

『だからって、ワシらを襲うのは勘弁や。まさか、こんな痛い思いするなんて思《おも》てへんかったわ』

ため息交じりの言葉に瑠璃は思わず俯いた。

色々なところで、じわりじわりともののけの生活が脅かされている気がした。

——人間の思念や思いが、もののけを生み出している。

そんな彼らに対する畏怖の念が消えてきた昨今、彼らの住む場所は減ってしまっている。そして、外で暮らすもののけ達にも、このような脅威があるということを初めて知った。

つい最近、龍玄の家に元々居ついていたもののけ達を手助けすることができた。瑠璃と龍玄の筆で、もののけを信じる気持ちをたくさん詰め込んだ絵を描き、画中に引っ越ししてもらったのだ。

それは大成功に終わったのだが、他の場所でもこうして日々、問題は水面下で起きているようだ。

『まぁ、これも時代の流れなんやろなぁ』

河童《かっぱ》の呟きは、瑠璃にはとても寂しく聞こえた。せめて、という思いでバスタブのほうに視線を向ける。

「ねえ、怪我が治るまでこのお屋敷に居候するのはどうかしら?」

先ほどの河童《かっぱ》の寂しそうな言い方に、なんだか放っておけなくなってしまった。

『ここに居《お》ってもええの?』

恐る恐る河童《かっぱ》に訊ねられ、瑠璃はにっこり笑った。

「龍玄先生に訊いてみないとだけど。多分、いいって言ってくれると思うわ」

ものの けに苦しめられたが、彼らに助けられたとも思っている龍玄は、厳しい雰囲気とは真逆の慈愛溢れる人物だ。

瑠璃がきっと大丈夫と呟いた途端、桔梗とフクが瑠璃の周りでうんうんと頷く。

『せやなぁ。瑠璃がお願いしたら、龍玄もええって言いそうやな』

『先生は、顔は鬼みたいやけど、あれで根は優しいもんなあ』

「顔は鬼って……フク、そんなこと言ったら怒られるわよ」

『平気やで。先生にわしらの声聞こえてないし』

そういうことじゃないと瑠璃が眉根を寄せていると、はしゃぐような可愛らしい声が耳に届く。

助かるなぁ、だったら僕が残るよぉ、お薬処方せな、と窮鼠達の今後の方針が決まり始めたようだ。

「先生に頼んでくるから、みんなちょっと待っていてね」

瑠璃は立ち上がると、龍玄の部屋に足早に向かった。

声をかけてから引き戸を開けると、龍玄はいつものように座椅子に座りながら机に向かっていた。

「失礼します」

「瑠璃、もう少しこっちに来てくれ」

お辞儀をしてから中に入り、手招きしてくる彼の手元を覗き込むと、そこには可愛らしい姿のもののけが描かれていた。どうやら今来たもののけ達の絵を準備してくれていたようだ。

「これがさっき来た河童《かっぱ》だ。大きさは俺の膝下くらいで、けっこうまるまるしているな」

緑色のカモノハシに似た生き物がペタンと地面にお尻をつけて座り込み、ひび割れた皿に両手を伸ばしている。目からマンガみたいに涙を流しているのは、龍玄の脚色だろう。痛がっているところ申し訳ないが、瑠璃はクスッと笑ってしまった。

「すごく可愛らしいですね」

「河童《かっぱ》をそう思うなら、窮鼠も同じような感想になるんじゃないか？　あいつらは手のひらに乗る大きさだった」

別紙を取り出して渡されたのを受け取って、瑠璃は悶絶しかけた。

「これは……先生、可愛すぎます」

五匹の小さなもののけたちは、綿毛のようにふんわりと丸っこい姿をしている。

ちょこんと座っているもの、四つの足で立っているものなど、兄弟それぞれで仕草が違って描かれている。

「白、ネズミ色、青みがかった灰色に、茶まだらと淡い黄色……と色味が違うんだ」

全員、先がくるんと巻かれた尻尾が生えていて、本数の違いで一匹一匹を区別できるようだ。尻尾の本数は、一本から五本までそれぞれ異なる。

それを一目見ただけで覚えて描き出してしまうのだから、瑠璃は龍玄の技術に感動した。

「一瞬だけ見えたが、治療風景はこんな感じだ」

さらに出された紙を見るなり、瑠璃はたまらず笑顔になった。

河童《かっぱ》の皿の上やバスタブのふちに窮鼠達が乗っかり、背中の風呂敷から小さな治療器具や薬を出している姿が描かれている。

「とても心が和みます」

「もののけばかり増えるな、この家は」

龍玄は肩を落としてから長い前髪を掻きあげた。

「さて。君が俺の部屋に来たってことは……治療が終わったか、治るまでここに居候させてくれと頼みにきたかのどちらかかな?」

優しく微笑みながら、龍玄が瑠璃を覗き込むように首をかしげる。

鋭いですね、と瑠璃は苦笑いをした。

「河童《かっぱ》さんのお皿が治るまで、彼がこの家にいてもいいか訊きにきました」

「本来ならお断りだが、瑠璃がそうしたいと思うのなら好きにするといい」

それは突き放した言い方ではなく、すべて瑠璃に任せるという信頼から出てくる言葉だとわかる。

「ありがとうございます！　さっそくみんなに伝えてきますね！」

喜んで瑠璃は風呂場にとんぼ返りをし、事の次第を伝えた。河童《かっぱ》のみならず窮鼠達や、フクからもわあっと喜びの声が湧く。

『ほらな、私が言うた通りやろ。瑠璃が頼んだら龍玄が頷かないことないって』

なぜか桔梗が自慢げにしており、鼻高々な家鳴《やな》りに向かって盛大な拍手が送られている。

「じゃあさっそく、この家に住めるように河童《かっぱ》さんの寝場所を作らないとね！」

居候するとなると、いつまでも河童《かっぱ》を浴槽に入れておくわけにもいかない。さすがにこの広い屋敷にも風呂は一つしかないのだ。

河童《かっぱ》に水は不可欠やからなあ、と申し訳なさそうに言う窮鼠たちに「いいものがあるかもしれないからちょっと待って」と、瑠璃は大急ぎで母屋の隣に建てられている別宅に向かった。

　離れは現在、倉庫のようになっている。龍玄の原画が置いてあるだけでなく、屋敷の前の持ち主だった書家の先生が残していった様々な道具類も積みっぱなしのままだ。

　バタバタしていたため、すっかり掃除が後回しになってしまっていたが、こまめに窓を開けたり道具類を見に行ったりはしていた。

　その時見つけたあるものが、今回役に立ちそうなのだ。

『なんや瑠璃、いいものって？』

「河童《かっぱ》さんが喜ぶものよ。夏にはうってつけのアイテムだと思う」

　瑠璃の頭上が定位置になっている桔梗に訊かれて、瑠璃は得意げに答える。離れに到着すると、一階の倉庫になっている横のドアを開けて電気をつけた。

「ええと。こっちだったかな？」

　瑠璃はあちこち探し回りながら、お目当てのものを引っ張り出す。折り畳まれたビニールの感触に思わず頬がほころんだ。

「あった！」

『ああ、これはええ。子ども用のビニールプールやな』

夏の間遊びに来る孫と遊ぶために、書家の先生が用意していたのだろう。埃をかぶっているが、使用頻度が少なかったのか新品同様に見える。

近くにあった空気入れも一緒に持って、瑠璃は再び母屋に戻った。ビニールプールの汚れを丁寧に洗い流してから、ポンプを使って膨らませていく。

しばらくすると、あっという間に小さな一人用のプールが完成した。

「この中なら、河童《かっぱ》さんも私達も困らないわ」

半分ほど水を入れれば、頭を濡らさずに脚や身体は浸かっていられそうだった。

『いい案やな。ほな、すぐこっち移動してもらおか。伝えてきたるわ』

桔梗が呼びに行ってくれている間、河童《かっぱ》にちょうどいい滞在場所を探して瑠璃は屋敷の中をきょろきょろしながら歩く。すると一匹の窮鼠の声が耳の近くから聞こえてきた。肩に乗っているらしい。

『暑すぎないとこがええのやけど……』

「じゃあキッチンはどうかしら?」

もののけをキッチンに案内すると、窮鼠が弾んだような声で許可を出す。

『うん、ここなら大丈夫!』

瑠璃も一緒に嬉しくなって、窮鼠の指示を仰ぎながらビニールプールに水を張った。

やがて河童《かっぱ》が恐る恐るキッチンにやってきたようだ。

『こんなええとこに住まわしてもらってもええの？』

「もちろんよ。水加減はどうかしら？」

子ども用プールの水面が動いたあとに、ホッとしたような声が響いた。瑠璃の耳に『ええ塩梅や』と河童《かっぱ》の声が聞こえてくる。窮鼠達がこれで安心だと会話をしており、いったん治療は終わったようだ。

河童《かっぱ》が歩き回って家の中が濡れても困るので、プールの近くにバスマットを置いていると、様子を見に来た龍玄に声をかけられた。

「そこが河童《かっぱ》の寝床か？」

「はい。しばらくは安静だそうです」

「そうか」

言わないだけできっと河童《かっぱ》を心配しているのだろう。憎まれ口を利くわりに、龍玄はもののけにとても優しい。現に今も、龍玄はビニールプールに視線を送り続けている。

『あのぉ、僕も残っていい？　急にお熱とか出ちゃうと、かわいそうだから』

そこに窮鼠の声が聞こえてきて、瑠璃は龍玄に伝える。

龍玄は少し驚いたように目を見開いたあと、楽しげな表情になった。

「専属の看護師付きとは、まるでお大尽だな河童《かっぱ》の奴」

『河童《かっぱ》、数少ないの。だから僕が面倒見るの。さっきお兄ちゃんたちにも聞いたら、残っていいって言われたから』

事情を伝えると、龍玄は即座に頷いた。

「俺たちに河童《かっぱ》の治療はできないからな。仕方ないから残留してもらおう」

許可が下りるなり、五人兄弟の一番下の弟だという五つ尾の子を残し、窮鼠の兄達はまた別のもののけを救いにすぐ出発したそうだ。瑠璃はなんだかワクワクしてプールに向き直った。

「よろしくね。河童《かっぱ》さんと……窮鼠くん？」

「また名前をつけたらどうだ？　この家にいる間だけでも、呼びやすいほうが瑠璃も困らないだろう」

龍玄に言われて、瑠璃は思案する。

「じゃあ、河童《かっぱ》さんは緑色だって先生がおっしゃっていたから『緑青《ろくしょう》』は？」

『緑青なんてええ名前やん。ほなそれもらいますわ』

「窮鼠くんは五つ子だから、『伍《いつ》』はどう？」

ひい、ふう、みい、よお、いつ。と瑠璃が指を折りながら説明すると、窮鼠は同意してプップップッと鳴いた。了承かわからずにいると、フクの声が割り込んでくる。

『嬉しいねんて。面倒見はええけど、窮鼠は人のこと好きやないねん。ネズミと間違えられて追いかけ回されることが多かったからなあ』

彼らが恥ずかしがり屋の理由に納得した。そのことを伝えると龍玄は口をへの字に曲げる。

「取って食おうとも、尾っぽをむしって筆にしようとも思わないから安心してくれ」

『僕、尻尾隠しとくわ……』

『龍玄は鬼みたいに怖い面しとるけどな、中身はギリギリ人やから安心しい』

「また俺の顔が怖いとか言ってるんだな、桔梗の奴……」

桔梗がケラケラ笑う声が聞こえてきたと同時に、龍玄がムッとした表情になる。どうやら言葉だけでなく仕草でも龍玄をからかっているらしい。

龍玄の子どもっぽい表情に、瑠璃はこらえきれず笑ってしまった。

「これからよろしくね。緑青、伍！」

するとニ人から気持ちのいい返事が聞こえてくる。姿は見えないが、まるで家族が増えたようで嬉しかった。

その日の夜、部屋で作業をしている龍玄に、瑠璃はお茶を運んだ。

すでに夕飯は食べ終わっており、各々が部屋でゆっくりする時間だ。といっても、龍玄は大抵、部屋で作業をしているのだが。

襖を開けて入室すると、瑠璃は龍玄の隣に座って頭を小さく下げる。

「先生、急に怪我ものものけを引き取ってくださってありがとうございます」

「ん、ああ……いいさ、別に。今さら一匹二匹増えたところで変わらない」

本当は心配しているだろう龍玄の胸中を察し、瑠璃は笑みを漏らした。

この屋敷には、たくさんのものの け達が住んでいる。元々は龍玄の描いた原画に巣くっていたが、引っ越し先の六巻構成の巻物に移ってもらってからは、そこが彼らの住処だ。

かの巻物は、桔梗やフクにせっつかれて応接間に飾られている。そういうわけで、応接間ではもののけ達がいつも好き勝手に出入りしていた。

今日は河童《かっぱ》のことがあったから静かだったけれど、と思って瑠璃はハッとした。

「……あっ、伍の寝る場所を作るのを忘れていました。もうどこかで寝てしまったでしょうか」

寝床を作るなら、緑青のいるプールの側がいいかしらと考え込んでいる瑠璃に、龍玄はふうと息を吐いた。

「いや、瑠璃の肩の後ろにいるようだ。髪の毛に隠れているが、尻尾だけ見えているぞ。寝床はどういうのがいいか聞いてみるといい」

龍玄の言葉に首を傾けてみると、耳元で遠慮がちに小さな声が聞こえてきた。

『緑青の近く。ふわふわがいいなぁ』

伍のリクエストを叶えるべくいったん龍玄の部屋を出ると、瑠璃はベッドの材料を求めて家中を歩き回った。それから離れでちょうどいい大きさの木箱を見つけ、その中に綿を入れる。

「今日はこれで我慢してね。明日、お布団を縫ってあげるわ」

『これで大丈夫だよ、ありがとぉ』

キッチンでそんな会話をしていると、龍玄が飲み終わったコップをキッチンに持ってきた。出来上がった伍のベッドと緑青のプールを見てふむふむと頷いており、瑠璃は疑問を投げかけた。

「先生、伍って手のひらサイズなんですよね？」

「ちょうどゴルフボールくらいだろうな」

龍玄は手のひらを少しすぼめてくぼみを作る。そこにすっぽり収まるサイズ感というのがわかり、瑠璃は空っぽにしか見えない木箱を見つめた。

「きっと、可愛いんでしょうね……触れないのが少し残念です」

龍玄が描いた小さなもののけを想像すると、思わず笑みがこぼれた。耳の近くから聞こえてくる、ぷぅ、という小さな返事すら愛らしくて嬉しくなる。

振り返ると、龍玄の手の中のコップが滑り落ちそうになっていて、瑠璃は慌てて手を伸ばす。

「危ないですよ！」

「……おっと」

床につく前にコップをうまくキャッチできて、龍玄はホッとした顔になった。さっきも作業を続けていたから疲れているのだろう。瑠璃は龍玄に近づいて手からコップを受け取った。

「先生、これは私が洗っておきますよ。もうお休みになりますか？」

龍玄は神妙な顔で頷くと、「おやすみ」と呟いてキッチンを去っていく。

「緑青と伍もいるのよね。私達も寝ましょう。たくさん寝て、早く良くならなくっちゃね」

瑠璃は誰もいないキッチンに向かって「おやすみ」と伝える。

あちこちから聞こえてくる返事に頷くと、にっこり笑って電気を消した。

＊

部屋に戻っている廊下の途中で、龍玄はフクに尾行されていた。

『……先生なんやその、むすぅとした顔は』

フクは声をかけたのだが、もちろん龍玄には聞こえていない。

龍玄はこっそり引っ付いてきたフクにああだこうだ言われているのも知らず、自室に戻るとばたんと後ろ手で襖を閉めた。

はあ、と息を吐いて座椅子に座り込み、肘をついて目を閉じる。

「もののけに懐かれすぎているな、瑠璃は」

どうやら新入りもののけ達は、すでに瑠璃に心を開いたようだった。

つい先ほど、触れないのを悔しがる瑠璃に向かって、緑青は慰めるようにプールから身を乗り出して彼女のスカートの先をつまんでいた。

残留した窮鼠の伍は、自分の前には姿を見せないくせに瑠璃にはすっかり気を許しているようで、見えないことをいいことに瑠璃の髪に埋もれている。しかも、尻尾までふわふわと振っていたのを龍玄は目撃していた。

姿を見られるのが嫌な気持ちはわかるし、瑠璃が優しいのは龍玄ももちろん理解しているが、と、なんとも苦い気持ちが広がる。

「……はぁ……」

わしゃわしゃと髪の毛を掻きむしってから目を開けて、龍玄は息を呑んだ。

「……なんだ、驚かすなよフク」

近い距離から、大きな一つ目でフクが正面からじいっと龍玄を見つめてきていた。いつもぱっちり開けている瞳が少し閉じられており、何かを言いたいのは明白だ。

龍玄は眉根を寄せてから、しっしと手で追い払う仕草をする。

「瑠璃のほうへ行け」

しかしフクは覗き込んでくるのをやめない。右に身体をずらせばそっちに身体を伸ばし、反対方向に動かせば一緒になって動いてくる。

龍玄はため息とともにフクの頭に手を乗せて撫で、羽が抜けて手のひらにたっぷりこびりついたのを見てギョッとした。

「……まさか、夏毛に抜け替わるのか？」

その通りだったようで、数日後フクは茶色だったのが真っ白になって龍玄を心底驚かせたのだった。

＊

緑青と伍が龍玄の屋敷に居ついて五日。

『治ったら、ワシは大仏池から引っ越しせなあかんかのぉ～』

緑青はすっかり屋敷に馴染んでおり、瑠璃も空っぽの子ども用プールに話しかけるのが板についてきた。

「ずっと住んでいたところなのに、引越ししちゃうの？」

『考えとかな。また亀に齧《かじ》られて怪我が増えても嫌やし』

「そうね……この辺りにはたくさん池があるから、近くにいい場所があるかしら？」

ひびが入った皿は多少ましになったようだが、まだまだ水が沁みて痛いらしい。たまに渋い唸り声が聞こえてきていた。

だが伍によると安静期間は終わったとのことで、瑠璃は洗い物をしていた手を止めるとプールに近寄ってしゃがみ込んだ。

「ねえ。お散歩がてら、ちょっとこの近くの池の様子を見に行かない？　物件探しは大事でしょう?」

『ええなあ! ほな、頭にラップでも巻いてもらおか』

緑青の専属看護師である伍に、お出かけの許可を取ろうと声をかける。するとすぐに『自分で歩かないならいいよぉ』と返事が聞こえた。見えない瑠璃としては困ってしまったが、伍もついてきてくれるということで安心だ。

「わかった、それならショルダーバッグに入れて連れていってあげる。出かけることを龍玄先生に伝えてくるから、ちょっと待ってて」

今日は散歩にうってつけの晴れ模様だ。

部屋に籠《こも》っている龍玄も一緒に行けたらいいなと思ったのだが、忙しければ無理だろう。

期待と諦め半分ずつで作業部屋に向かうと、案《あん》の定《じょう》龍玄からは瑠璃だけ行くように言われた。

『こんな気持ちのええ日に出かけへんとか、脳に黴《かび》生えるで』

散歩を断った龍玄に対して、呆れ返った桔梗がぶつくさ言うのは彼に聞こえていない。

しかし表情や動きで自分のことを言われているのがわかる龍玄は、瑠璃の頭にいた桔梗を掴んで頬を引っ張り始めたようだ。

「桔梗、お前また俺の悪口言ったな？」

『いいい痛い痛い！』

桔梗の反撃をかわす龍玄の仕草を見ながら、瑠璃は部屋をそっとあとにした。

本当は一緒に外の空気を吸いに行きたかったが、無理やり連れ出すのは彼の敏感な性格を考えると良くない。

気持ちを切り替えるように支度をパパッと終わらせると、瑠璃は緑青と伍を呼んだ。フクは一緒に行くが、桔梗は留守番だ。玄関から庭に出て龍玄の部屋の広縁に回る。すると桔梗と戦い終えたのか、ぐったりした龍玄の姿が見えた。

悄然とした様子に思わず瑠璃が声をかけると、机の上に突っ伏していた龍玄がみるみる機嫌を損ねたような表情になった。

「……俺も行く」

「いいんですか⁉」

大喜びする瑠璃の脇で、フクがボソッと呟いた。

『鞄から顔出した緑青が、瑠璃の手ぇ掴んでるのが気に食わへんのや』

「なんでそれで、先生が気を悪くするの？」

瑠璃が首をかしげると同時に、立ち上がった龍玄が準備を進める後ろ姿が見える。

玄関近くでしばらく待っていると、龍玄は作業着の作務衣《さむえ》に上着を引っかけて庭まで出てきた。

「緑青、お前は俺のほうだ」

『おっさんに持たれるの嫌やねんけど！　って言うてくれ瑠璃ちゃん！』

龍玄は瑠璃の鞄から引っ張って持ち上げるような動作をする。それから緑青がすぐさまぶつぶつ文句を言うのが聞こえた。

掴みあげると同時に緑青の嘴《くちばし》が動いたのを見て、龍玄が瑠璃に視線を向ける。その意図を汲んで、瑠璃は口ごもりつつも素直に通訳をした。

「……その、おっさんに持たれるのは、嫌だ、と……」

「誰がおっさんだ。次にそう呼んだら追い出すからな」

瑠璃がそのままを伝えると、龍玄は眉間にくっきりしわを作り腕を組む。

その組んだ腕と胸元の間に微妙に空間があいているのを見て、瑠璃はまさかと口を開いた。

「先生、そこに緑青を抱えているんですか？」

瑠璃の質問に、龍玄は途端にばつの悪そうな顔になった。

「……仕方がないだろう。歩かせて怪我を悪化させても困る」

先生、優しい……

思わぬ行動に感動した瑠璃だったが、桔梗とフクは意味深に「ふん」と鼻を鳴らしたのだった。


緑青を腕に抱えた龍玄と、フクと伍を乗せた瑠璃は、「行ってきます」と桔梗に告げてから家を出る。

まだ春だと思っていたのに、気がつけば緑は深さを増していた。

青空は美しく、若草山も爽やかな若葉に包まれている。

「さあ、どこの池を見に行こうかしら」

『皿の傷が開くからあんまり遠くまで行ったらダメだよぉ』

伍に小さい声で言われて、それもそうかと頷く。

龍玄との相談ののち、二人ともののけ達は、屋敷から程よい距離にある浮見堂まで行ってみることにした。浮見堂とは池の中央に浮かぶように建てられたかやぶき屋根のお堂で、景観が美しく観光名所としても有名だ。

「先生、やっぱりお外は気持ちがいいですね」

「そうだな。たまには歩くのもいいか」

「緑もきれいですし、新作のいいアイデアが浮かぶかもしれません」

もののけ達の引っ越し先の巻物を描くことに集中していたせいで、龍玄は大きな絵を描くのを途中でやめてしまっている。構想を練っている最中なのはわかっているが、せっかくの外出だ。何かが龍玄の刺激になったら嬉しい。

そんなことを考えつつお目当ての場所に到着すると、観光客がちらほら見える。二人と三匹のもののけは、池の周りを歩く形で水中の様子を窺った。

澄んだ水は涼しげだが、河童《かっぱ》の引っ越し先はどういう場所がいいのか、瑠璃には見当がつかない。安全で快適に暮らしてほしいが、その基準が人とものけでは違っているだろう。

「緑青、どうかしら？　やっぱり怖い感じの子がいる？」

『そおやなぁ……。もうちょい、あっちに行きたいなぁ』

「わかったわ、……あっ！」

頷いて方向転換をしようとして、足を滑らせそうになったところを大慌てで龍玄に引き寄せられた。

左腕に緑青を抱えたままの龍玄に、いとも簡単に片腕で抱きとめられてしまい、彼の力の強さに驚いた。

「ありがとうございます……」

見上げると龍玄は狼狽をあらわにしている。瑠璃の視線に気づくなり、若干ふくれつつも心配そうに覗き込んできたので心臓が高鳴った。

地面にそっと下ろしてもらってから、瑠璃は赤くなっているだろう頬を見られないよう、急いで俯きながらスカートの裾を伸ばす。

「池を見るのはいいが、足元も見てくれ」

「すみません。つい、気になってしまって。ありがとうございました」

そう答えると、龍玄はふと目元を緩めてから、腕に抱え込んでいる緑青に視線を落とした。

「どうなんだ、ここなら次の住処になりそうか？」

『せやなぁ。ええっちゃええねんけど』

今すぐには決められないと、緑青は悩ましげだ。

『今度はあそこ行ってもらってもええか？』

緑青が指さしたという場所へ向かい、橋を渡って浮見堂の中に入った。

日差しが遮られるとすっと涼しくなり、お堂の周りを囲っている池の様子がよく見える。家族連れが数組、貸出ボートで楽しそうにしていた。子どものはしゃぐ声が和やかな空気に馴染んでいく。

穏やかな気持ちになりながら、ぐるりと周囲を見回す。そして、瑠璃ははしゃいだ声を上げた。

「あっ、写生しているんだ!」

池の周りでは、画材を持った人が各々違う場所で絵を描いている。その中でも、手元のスケッチブックにひときわ一生懸命に絵を描いている女性が瑠璃の視界に入った。

何を描いているんだろう、と欄干から身を乗り出すと、隣に立っていた龍玄が仄かに口元を緩めた。

「行ってきたらいい。近くで待っているから」

『せやせや。ワシはここで先生と一緒に池の中観察してるわ』

そんな龍玄と緑青に促され、瑠璃は絵を描いている人物の後ろから、そっとスケッチブックを覗き込む。

「わぁ、すごくきれい……」

思わずこぼれた瑠璃の声に、その若い女性は手を止めて振り返った。

「ありがとう! どう、いい感じに描けてるでしょう?」

こちらを向いた姿を見ると、瑠璃より少し年上だろうか。真っすぐな黒髪がきれいな美人だ。爽やかな笑顔とはつらつとした物言いに思わず元気が出てきて、初対面の相手だというのに瑠璃は大きく頷いた。

「はい。構図の取り方が素敵です」

「この場所って、どこから見ても完璧なのよね。だから、どこで描いても素敵な絵ができあがるの」

「そうなんですね」

今までモチーフ画にばかり取り組んで、外で絵を描くことはあまりしてこなかった瑠璃にとって、それは新しい発見だった。

瑠璃の声色に興味を感じ取ったのか、女性は隣に置いてあった鞄から紙を取り出して見せてくる。

「七月中旬に、市の美術館で一般参加の展覧会があるのよ」

「その展覧会に参加されるんですか？」

「そうなの。参加するなら早く取りかからなくちゃなんだけど、描くものを厳選したくって……」

たしかに紙には大きな文字で『市美展、一般参加者募集』と書かれている。

応募締め切りは数日後だ。

「ところであなたもこの辺りに住んでいるの？」

訊ねられて、瑠璃が「近くで働いています」と答えると、女性はキラキラと目を輝かせて言った。

「せっかくだから、あなたも出品してみない？」

瞬間。龍玄と一緒にもののけ達の巻物を描いた時のことが、瑠璃の胸に鮮明に思い出される。あの楽しくて満たされるような感覚が蘇り、瑠璃は頬が熱くなるのを感じた。

言葉に詰まっていると、あなたも絵を描くんでしょうと確信したように微笑まれてドキッとした。

「なんでわかったんですか……？」

「……あらやだ、図星？　絵を褒めるのに、構図の取り方なんて言う人はあまりいないもの」

女性は目をぱちくりさせてから楽しそうに笑った。彼女の笑顔が眩しくて、瑠璃は目を瞬かせる。

「そのチラシあげるから、目を通してみてよ。仲間が増えたら嬉しいわ」

渡された詳細の紙を握りしめながら、瑠璃はいつの間にか頷いていた。瑠璃の姿に、女性はさらに笑みを深めて鞄の中を漁る。

「ここの風景が好きすぎて、絵を描く時は大抵この辺りにいるの。見かけたらまた声をかけてね」

そう言って鞄から引っ張り出された名刺を差し出してきた。彼女の職場であろう介護施設の名称と一緒に刻まれた名前を、瑠璃は読み上げる。

「こんどう……あかねさん？」

「茜《あかね》でいいわ。あなたは？」

瑠璃は名刺を持っていなかったので、口頭で名前を告げた。「るり」という音を聞いて、女性――茜はふわりと微笑んだ。

「私達二人とも色の名前ね。じゃあ瑠璃ちゃん、また会いましょう」

「ありがとうございます」

茜の言葉にお辞儀をしてから立ち上がり、瑠璃はいまだ浮見堂の中で景色を眺めていた龍玄の元に足早に戻った。おかえりと言わんばかりの、龍玄の優しい笑みが瑠璃を出迎えてくれる。

「あの人と話をしてきたのか？」

「はい、それで……」

瑠璃はもらったばかりのチラシを見せる。すると、もののけ達の弾んだ声が聞こえてきた。

『ええやん！　ワシも瑠璃ちゃんの作品見てみたいなあ』

『瑠璃が絵を描くのなんて卒業以来やない？　参加したらええわ』

緑青とフクにそれぞれ言われて、瑠璃は恐る恐る龍玄を見る。龍玄もまた、二匹と同じようにあっさりと頷いた。

「いいじゃないか。出してみたら」

「……私が出品してもいいんですかね。うまく描けるか、自信がありません」

こわごわと訊いてみる。真っ白な画面と向き合ったのは、卒業制作の時が最後だ。

毎日朝から晩まで、手が痛くなるほど描いていた学生時代以来、自分だけで描く作品には、長い間取り組んでいない。

『そんな気負わんでもええやん』

『せやせや。まずは一歩、踏み出してみるのも大事やで』

迷っている瑠璃とは反対に、もののけ達は乗り気のようだ。賑やかな声をありがたく思いつつも、どこか心がざわめく。龍玄の返事をじっと待っていると、彼はため息を吐いてから呟いた。

「瑠璃が出品してはダメだと、募集要項に書いてないだろう?」

言われて、瑠璃はこくりと頷く。絵はもちろん大好きだ。それに、せっかく誘ってくれたのをむげに断るのも気が引ける。

「……そうですよね。前向きに考えてみます」

けれども、瑠璃はとある理由でその場で参加を決めることができなかった。

＊

それから数日後、瑠璃は母と妹の桃子《ももこ》と喫茶店に集まった。今日は、みんなでランチのあと、夜まで実家で過ごす予定だ。

「そんなわけなんだけど……私の絵が展覧会に出るの、どう思う?」

茜にもらった市美展のチラシを二人の前に差し出す。

すると桃子はオムライスを頬張りながら、「へえ」とくりっとした目をぱちぱちさせた。母は募集要項を詳しくチェックしている。その沈黙を埋めるように瑠璃は口を開く。

「この間、散歩をしていたら声をかけてもらったの。一緒にどうですかって」

「いいじゃん！　お姉ちゃんが絵を描くの久しぶりだね」

「出品するのを迷っているんだけど……」

瑠璃が言葉を濁すと、桃子が明るく言って首を振った。

「なんで⁉　お姉ちゃん絵上手《うま》いじゃん！　っていうか今日が締め切りとかギリギリすぎ！」

チラシの募集要項を読み終えたらしい母も、ほとんど同時に顔を上げる。

「出してみたらいいじゃない。展示されたら観に行くわ。桃子も一緒に行くでしょう？」

母が誘うと桃子は「もちろん」と頷く。

「父さんも来るかな？」

「当り前じゃない。言わないだけで、瑠璃が活躍するのを楽しみにしているんだから」

不愛想な父がうーんと唸りつつ、自分の描いた作品を観ている姿を想像して一瞬心が温まる。

ただ同時に、自分の作品がほかの作品と比べられる場に出るのだ、という事実に改めて思い至り、瑠璃は複雑な顔になった。

「心配なの。有名な画家先生の助手なのに、賞にも引っかからないような作品を出すわけにもいかないんじゃないかって」

「……それ、職場の先生に言われたの？」

一瞬で表情を真顔に変えた桃子に聞かれて、瑠璃は慌てて首を横に振る。

「ううん。私が勝手にそう思っているだけ」

「作品制作には挑戦したいけど、うまくいかなかったらどうしようって、怖くなるのはわかるけど。お姉ちゃん、気にしすぎだよ」

桃子は杞憂だと言ってくれるけれど、賞を逃したことで龍玄の箔が落ちて、解雇になったらどうしようと、瑠璃は一足跳びに不安が膨らんでいた。

せっかく手にした心地良い居場所を、自分のせいで去るようなことは避けたい。そんな思いと絵に対する自信のなさが出品に歯止めをかけている。

だから瑠璃は今、二人に参加を止めてほしかったのかもしれない……

そのことに気づいてしまって身を固くしていると、桃子に腕を強めに小突かれた。

「先生に嫌われたくないだけじゃん。だってお姉ちゃんは先生のこと大好きだもんね？」

「とても慕っているの。それに迷っている理由はそうじゃなくて」

突然の言葉に思わず反論すると、桃子がふふっと笑う。

「前は尊敬とか憧れって言ってたけど、すごーく慕っている感じになったの？」

「え、ええと、そ、それは――……」

桃子の含み笑いに、いつの間にか空気が軽くなっている。

「っていうか、心配なら本人に言いなって。どんな結果でも追い出さないでください、ってね」

終わりの見えない会話をしている姉妹を見ていた母が、そこでやっと口を開いた。

「瑠璃。自分が納得できる形になるように取り組んでみるといいと思うわ。全力で向き合っている姿が伝われば、龍玄先生はわかってくれるんじゃない？」

「そーそー。あたしはお姉ちゃんのこと、いろんな意味で応援しているからね！」

桃子に今度は背中を強く叩かれて、瑠璃はゴホゴホむせた。

だからこの気持ちはそういうのじゃないと言い返そうとしたが、桃子にこれ以上ツッコまれるのも大変なので、瑠璃は黙って頷くにとどめる。

瑠璃に代わって、桃子はあっという間にウェブから参加申し込みをしてしまった。

もうこれで、後に引くことはできない。

「――そうよね。せっかく誘ってもらったし……」

ランチを終えたあと瑠璃は実家に立ち寄り、置きっぱなしの絵の道具を持ち帰ることにした。

実家の自室で、瑠璃は懐かしい道具類を手に取って、一つ一つ大きな段ボール箱に詰め込んでいく。

「わあ！　これ、入学当初にセットで購入した岩絵の具だ。見て見て……」

そこまで言ってから、そういえば今は高遠家ではなかったことを思い出す。

ついついい癖でもののけに話しかけてしまったが、フクも桔梗もいないので完全に独り言だ。

しーんと静まった部屋を見渡して、瑠璃はちょっと困ったように息を吐く。

どうやら、誰もいない空間に話しかけることに抵抗を感じなくなっているようだ。

「慣れって怖いわ。いつもずっと、おしゃべりしているから」

それからは口を閉じて黙々と作業を進め、箱詰めを終えると、それを抱えて部屋の外へ出た。

「一人で持っていけるの？」

箱の大きさに母親は目を丸くしていたが、瑠璃は頷いた。

「軽いから平気」

「じゃあ、これも一緒に持っていきなさい」

風呂敷包みを渡されて、なんだろうと覗き込む。すると中にはお気に入りの浴衣の布地が見えた。視線を上げると、母がふふっと笑う。

「菖蒲《しょうぶ》柄よ。展覧会、頑張りなさい」

あやめ柄をあえてしょうぶと言ったのは、「勝負」と掛けた、彼女なりの瑠璃への鼓舞だろう。母の応援に胸がいっぱいになった。

「ありがとう!」

箪笥《たんす》にまだたくさん浴衣がしまってあるのよと言われたが、ひとまずこれだけで十分だ。

「必要なら取りにくるのでもいいし、送ってあげるからいつでも連絡しなさいね」

たとえ家にいなかったとしても、こうして気持ちを向けてくれている家族の温かみを感じた。

今日は夜まで実家に滞在する予定だ。龍玄の夕飯は作り置きしてきて温めるだけなので、きっと心配ないだろう。

瑠璃はそう思いつつ、中身の詰まった段ボール箱と浴衣の風呂敷包みを玄関にそっと置いた。

「――瑠璃は市美展に出品してみることにしたんですって」

「へえ」

仕事から帰宅した父を出迎えながら、母が嬉しそうに伝える。どんな反応をされるのかドギマギしていると、父のしわの入った目じりがやわらかく緩んで瑠璃を見つめる。

「たくさん楽しみなさい」

「ありがとう、父さん」

まだ不安がないわけではない。けれど、父の心のこもった言葉はなにより嬉しかった。

瑠璃は大きく頷くと、荷物の多さを心配する母に手を振って、龍玄の家に戻った。

「戻りました」

『おかえり。えらい懐かしいもん持って帰ってきたなぁ』

玄関に入るなりフクの声が出迎えてくれた。誰もいないように見える場所から声が聞こえてきて安心するなんて、ずいぶん自分も変わったものだ。

「ただいま、フク。絵のお道具のこと、あなたも覚えていたのね。……しばらくしまっていたから使えるか心配だけど」

『覚えとるで。なんならプロ先生も近くにおるし、わからないことは聞けばええやん』

そんな会話を交わしつつ、靴を脱いで段ボールを抱え上げたところで、箱をひょいっと持ち上げられる。驚いていると、いつの間にか玄関に来ていた龍玄が荷物を抱えてくれていた。

半日ぶりに見た姿に、瑠璃が顔をほころばせる。

「先生、戻りました」

「おかえり。これは君の部屋に運ぶか？」

作業の途中だったのに、わざわざ出迎えに来てくれたのだろう。彼の優しさに瑠璃は胸がいっぱいになった。

「ありがとうございます。でも重いでしょうから」

そう言いながら瑠璃が手を伸ばすと、これくらいは持てるぞと龍玄は眉をひそめた。瑠璃の部屋に向かってスタスタ歩き始めた着流しの後ろ姿を慌てて追いかける。

「出すことにしたのか？」

「ええ。母にも妹にも、背中を押してもらいまして」

父の反応は薄かったものの、それは興味がないということではなかった。帰り際の最後の最後になって、展示を楽しみにしているとこぼしていたので、応援してくれているのだと思う。

家族の様子を伝えると、龍玄はほんのちょっと嬉しそうに口の端を持ち上げた。

「なら、君の部屋じゃ作品を描くのは大変だろう。和室か離れを使うか？」

「小さい画面にしようと思います。なので、自室で大丈夫です」

わかったと龍玄は頷いて、瑠璃の部屋に爪先を向ける。

「それに別室だと、普段のお仕事をするのに支障が出てしまいそうですから」

「集中すると周りが見えなくなる……君も立派な芸術家だな」

「違います！　先生に呼ばれても気づかないんじゃ困るからです」

龍玄は寝食さえ忘れてしまう集中力を持つが、瑠璃はお腹が空けば手を止めるくらいの常識人だ。

龍玄と同じ芸術家とは、天地がひっくり返っても言えない。

ふと不安が込み上げてきて、瑠璃は立ち止まると、龍玄の背中に向かって口を開いた。

「……先生。私は先生の助手ですから、賞くらい取れないとまずいですよね？」

「はあ？」

まるで意味がわからないといわんばかりの表情で龍玄が足を止めて、瑠璃を振り返る。

「ですから、受賞するほど優秀じゃないと、雇い止めになるかと」

「……受賞することが当たり前だなんて、俺は思ったことがない。自分に対しても、人に対しても」

龍玄の声のトーンが一瞬落ちたが、次に口を開いた時には元に戻っていた。

「君がどんな結果になっても、俺に迷惑はかからない。気兼ねなく好きに描いてくれ」

強い視線が瑠璃を射貫《いぬ》く。そこに込められているのは素直な感情だ。

龍玄なら必ず受け止めてくれるとわかっていた。

桃子の言う通り、憧れの人にがっかりされたくないという気持ちはもちろんある。

でもそれ以前に、また人に失望されるのが怖かった。

そんな自分の臆病な心に、瑠璃が下を向こうとした時だ。

「——俺がそんなことで、君に落胆したり愛想を尽かしたりするとでも思っているのか？」

　怒ったように言い放った龍玄に、一歩詰め寄られて瑠璃は息を呑んだ。

「あんまり俺を見くびらないでくれ」

「す、すみません」

「謝る話じゃないさ」

　肩をすくませてから、龍玄は前を向き歩みを進める。瑠璃の部屋の前に段ボールを置くと、龍玄は再度、少々怒ったような顔で瑠璃を見下ろした。

「自分を過小評価しすぎだ。自分で自分の価値を落とすなよ」

　ずしんと重たい言葉に瑠璃の胸が一瞬詰まった。それを察したのか、龍玄は瑠璃の肩にとんと手を置く。見上げると、今度はからかうように覗き込まれた。

「君が俺の『弟子』だったなら話は別だ。賞を逃そうもんなら、ただじゃ済まさない」

　あまりにも至近距離だったため、心臓が一気に跳ねる。口調とは反対に眼差しは真剣そのもの。瑠璃の思考が一瞬追い付かなくなった。

「冗談だよ。あくまで君は助手なんだから、そう気負うことはない」

　肩をトントン叩かれて、瑠璃はやっと落ち着きを取り戻した。

「俺は君に、楽しく描いてほしいだけだ」

優しい微笑みとともに見つめられて頬が熱くなる。それを隠すように頷くと頭を撫でられた。その手の温かさに心臓がぎゅっとなる。

「ありがとうございます」

ようやく顔を上げると、龍玄は踵《きびす》を返して去っていってしまった。

「……楽しく描いていい、か……」

『龍玄がええって言うてんのやから、ええに決まってる』

龍玄の言葉を繰り返して呟くと、桔梗の声が頭上から聞こえてきた。同時に、肩からは別の声がする。

『せや。そんなんで追い出すような男と違うで、先生は』

フクと桔梗のフォローに、くすくすと笑いが漏れてしまう。

『まーあ、気難しい奴やけど、龍玄はそこまで悪い人間とちゃうしな。顔は怖いけど』

「……そうね」

フクと桔梗の励ましを受けながら自室に入り、瑠璃は荷物を開ける。中に入っているのは大学時代に使っていた筆や絵の具の数々だ。

『へえ。それが瑠璃の道具か？』

瑠璃は返事をしながら、一番よく使っていた筆を目の高さまで持ち上げる。

「できるかな……私にまた楽しく絵が描けるかな？」

筆を握ると、龍玄と一緒に絵を描いた時の楽しさを思い出した。彼の下絵に濃淡をつけ、もののけ達の世界を描いたあの瞬間、瑠璃はたしかに誰の評価を気にすることもなく絵を描いていた。

『できるできないやなくて、やるかやらないかやで。瑠璃は世界に一人なんやから、瑠璃の存在も、生み出すものも世界に一つだけの価値や』

『やりたいこと思う存分やったらええで。なんか必要やったら手伝うさかい、私にも声かけてな』

フクと桔梗の声がやわらかく沁みてくる。

久しぶりに、自由な絵を描きたいと思う気持ちが胸の奥から湧き上がってくる。

「みんなありがとう。やってみる」

描きたい題材はまだ決まらないが、ゆっくり考えていけばいい。

懐かしい道具たちを見つめながら、不安とワクワクで瑠璃の胸はざわついていた。

実家に立ち寄った翌日。

使っていなかった道具をチェックするために、瑠璃は自室で作業をしていた。段ボールから絵の具や筆を取り出すたびに、懐かしさが込み上げてくる。人が近づいてきたのに気がつかないほど、思わず熱中してしまっていた。

「おーい、瑠璃」

名前を呼ばれてハッとする。部屋の入り口を見ると、開け放たれた戸口に龍玄が寄りかかって立っていた。瑠璃と目が合うと、龍玄は悪戯《いたずら》っぽく笑って、握りしめたこぶしでコンコンと戸を叩く。

「何度かノックしたんだが、聞こえていないようで……集中していたところにすまないな」

「こちらこそすみません！　見ていたら楽しくなっちゃって、つい」

入ってもいいか訊ねられて、瑠璃はどうぞどうぞと家主を招く。

ラグマットの上で胡座《あぐら》をかくと、龍玄は並べられた絵筆を覗き込んだ。

「丁寧に使っていたようだな」

長くしまっておいたわりには、道具類はすべてきれいなままだった。使ったあとに毎回念入りに手入れをしていたのが功を奏したようだ。

「まだまだ現役でいけそうです。――あ、そういえばなにか御用でしたか？」

龍玄の言葉に頷きつつ、慌てて瑠璃は顔を上げる。時計を見ると昼食にはまだ早いが、お腹が空いたのかもしれない。慌てて立ち上がろうとすると、龍玄は首を横に振ってから腕組みをした。

「君が道具をチェックすると言っていたので思い出したことがあってな」

龍玄は迷惑顔で息を吐いた。

「この間、俺の筆が折られただろう？」

「ええ。たしか、髭《ひげ》のあるウサギ風もののけとおっしゃっていましたよね」

先日、筆をもののけに折られたと龍玄が大騒ぎしていたことを瑠璃は思い出す。家中のもののけ達が、筆を折った犯人を素早く匿《かくま》っていたはずだ。

「あの悪戯《いたずら》ウサギもののけの奴、またやらかしたんだよ」

ムッとした顔で龍玄が作務衣《さむえ》のポケットから取り出したのは、細い線を描くために使う面相筆《めんそうふで》だ。

差し出されたそれを見ると、すり減った筆先の一部の毛が軸から抜けてしまっている。

「引っ張られちゃったんですか？」

「こっそり齧《かじ》っていやがった。あいつ、ただじゃおかないぞ」

龍玄の口調は怒っているものの、表情はかなり困っている様子だ。

「あのもののけは、道具をやたらと壊すんだ」

「ちなみに、どのような見た目をしているのでしょうか？」

興味本位で瑠璃が紙とペンを渡すと、龍玄は口をへの字に曲げながら犯人もののけの姿を描き始めた。

「できたぞ」

渡された紙上には、まるで板垣退助《いたがきたいすけ》のような髭《ひげ》を口周りに生やしたウサギが描かれている。

瑠璃の目には可愛らしく映るのだが、悔しそうな龍玄を前にして、素直に「可愛い」とは言えなかった。

「……悪戯《いたずら》をするような子には思えないですね」

「騙されるなよ。この見た目で、やることはえげつない」

龍玄は瑠璃に向かって、齧《かじ》られた筆を再度見せつける。

瑠璃はたまらず緩んでしまった口元を引きしめたが、龍玄にばっちり見られてしまっていた。

「すみません……先生の表情がなんとも言えなかったので」

龍玄はもののけには甘いのだが、だからこそ彼らの行いをむやみやたらと怒れずに苦い思いをしているようだ。瑠璃が必死にこらえていると、伸びてきた龍玄の指に頬をつままれてしまった。

「こら、瑠璃。笑ってると君も道具を壊されるぞ」

「あ！　そういえばこのもののけの仕業かわかりませんが、キッチンでもよく物が倒れていますよ」

「まさか、こいつは家中で悪さをしてやがるのか」

けしからんな、とぼやく龍玄の眉根が寄る。

「それにしても物が倒れるぐらいだけなら問題ありませんが、壊されるとなると……」

住んでいる人間にちょっかいを出す程度ならいいのだが、実害が出てきてしまうとさすがに困ってしまう。龍玄はこっくりと頷いて、話が長くなったが、と言って瑠璃に視線を向けた。

「それで、君に通訳をしてもらえれば」

「ですね！　私、この子と話をしてみます！」

瑠璃はぽんと手を打った。

わざとやっていることならば、きっちり悪戯《いたずら》を止めるように言わなくてはならない。

龍玄は周りを見渡すが、話題の中心になっているウサギ風もののけはどうやら近くにはいないらしい。見つかったらきっちり話をしてみようと、瑠璃と龍玄は約束し合った。

フクや桔梗にも声をかけ、二人はウサギ風もののけが姿を現してくれるのを待つことにした。

そして翌日。

『瑠璃、探し人を呼んできたで』

「ありがとう！　ちょっと待っててね」

頭上から聞こえてくる桔梗の声に、瑠璃は朝食の目玉焼きを皿に移すとすぐに龍玄を呼びに向かった。

「おはようございます先生！　ウサギ風もののけを、桔梗が連れてきてくれたみたいです」

引き戸の前で若干興奮気味に伝えると、すぐに龍玄が顔を出した。すでに起きていたのか、着流しにきっちり身を包んでいる。

「やっと現れたか。文句をたっぷり伝えてやるから覚悟しろ」

　龍玄の不敵な顔に、瑠璃は思わず苦笑いをこぼす。同時にウサギ風もののけを追い出すわけではなさそうなことに若干ホッとしていた。それに気がついた龍玄は、ばつが悪そうに口を尖らせる。

「俺が追い出そうとしたら、今度は君が匿《かくま》うだろう？」

「あはは、そうかもしれません」

「瑠璃はもののけに甘すぎる。だが、今回は損害もあることだし多少厳しめにしないと。難儀な通訳を頼んですまない」

「お役に立てるなら嬉しいです。行きましょう」

　二人は早足でもののけの待つキッチンに向かった。すると、マットの敷かれた床から桔梗の声がする。

『そこに座らせておいたさかい、よーく話聞いてやって』

　桔梗の言をそのまま伝えると、龍玄はうむと頷く。

「よーく聞いてやるが、言い訳はなしだ」

　グダグダ言うようなら離れに隔離してやると言いつつ、龍玄は腕組みしながら口火を切った。

「ひとまず、なんで筆や道具を壊すんだ。困るんだぞ」

『──壊すんと違うで、壊れるんやで』

フクの声とも桔梗の声とも違う、特徴的な髪型のテレビ出演者にも似た、どこか不思議な声がした。これがウサギ風もののけの声なのだろう。

瑠璃は聞こえてきたそのままを龍玄に伝えながら、首をかしげる。正直なところ、もののけの言っている意味がわからなかったからだ。

「もうちょっと、わかりやすく言ってくれると嬉しいのだけど」

瑠璃が伝えると、ウサギ風もののけが『ううむ』と渋く頷く。

『せやから、壊れるものを私が知らせてんねん』

「壊れるものを、知らせる?」

「つまり、わざと壊しているわけじゃないということか」

瑠璃の呟きに瞠目した龍玄の声に、『せやせや』とウサギ風もののけの声が続いた。

『寿命がもうすぐのものを、わかりやすいように教えてるんやで』

それでやっと、瑠璃も納得がいった。ウサギもののけは使えるものを壊していたのではなく、そろそろダメになるものを壊すことで、寿命を教えていたのだ。

『お前さんが使うてた筆はな、もうあかんかったんや』

詳しく聞けば、龍玄の筆についてはすでに耐久力が落ちていたのだという。あのまま使い続けていたら、描いている時にポキッといきそうだったらしい。

『せやから私が先に折ったったといた。作業中に割れたらあかんのやろ？』

「そうね、線が曲がっちゃったら困ることはたくさんあるし」

破損部分で指先を怪我しても、もちろん大変なことになる。

『そうやと思った。もう一本の筆もあかんかったから、毛ぇ抜いとったんや』

なるほどと思いながら、瑠璃はそれらを龍玄に説明していく。

「……そうか。それで、わざとあんなことを」

大事《おおごと》になる前にもののけが、わかりやすく龍玄や瑠璃に知らせようとしていたのだ。

キッチンの道具が時たま倒れているのも、危ない位置に置かれていた物が床に落ちて割れてしまう前に合図を出してくれていたらしい。

他にも、怪我をしないようにきれいな断面で食器が割れるようにしたり、こっそり位置を変えてくれたりと、なにかとこのもののけはせわしなく家の中を駆け回っているようだ。

『私はそれが仕事や。なのに、おっかない顔で追いかけ回されたら、たまらんわぁ』

おっかない顔という部分はうまくオブラートに包みながら、瑠璃は龍玄に事の次第を伝える。もののけを凝視している龍玄の唇は、いまだ尖ったままだ。

『いいことをしたつもりやで、私は。そんでも怒るんやったらもーあかん。あんたの頭髱《かじ》ったるわ、覚悟しぃ』

もののけが龍玄に向かってぷりぷりと怒り始めてしまったので、瑠璃は慌てて龍玄に向き直る。

「先生、もののけは自分の役割を果たしてくれていただけのようです」

もののけが見えない人ならば、一連の出来事も子どもの悪戯《いたずら》や自分の不注意で済ますことができる。

しかし龍玄には彼らが見えてしまうので、このような事態になったのだった。

「そうだな。ひとまず、瑠璃のおかげでただの悪戯《いたずら》じゃないとわかった。……こいつらの行動の意味を、理解する想像力が俺には必要だったな」

素直な龍玄に、もののけのほうが驚いたようだ。

『なんやいつも阿修羅みたいな顔してんのに、そんなこと言うなんてびっくりやわ』

心底驚いたようなウサギ風もののけは、『先生は悪い奴と違うんやな』とぽつりと呟く。

瑠璃はすかさず肯定した。

「先生はあなたたちに優しいわ！　とっても心が広い人だもの」

瑠璃の言葉に龍玄は多少気まずそうにしたあと、ふふっと微笑んだ。

道具が壊されていると思っていた龍玄と、道具の寿命を知らせていたもののけ。

双方、きちんと理解し合うことさえできれば、嫌な気持ちにならなくて済むのだ。

もし今回のように伝える手段がなかったとしても、お互いをわかろうとすることはできる。

「ここは瑠璃に礼を言っておくべきだな。それからもののけにも。ありがとう」

龍玄はウサギ風もののけが座っている場所に温かい眼差しを向けている。

『わかってくれて嬉しいわ。ほなまた、思う存分、齧《かじ》らせてもらうで』

道具がやたらと壊れるのは困るが、寿命を知らせているのなら逆にありがたいと言えるだろう。

「これでお道具が壊されたとしても、理由がわかるから大丈夫ですね」

これからはなにが起きているかを聞くことだってできるし、齧《かじ》られる理由さえわかっていれば、対応も今までよりずっと簡単だ。

瑠璃が一安心して微笑むと、『うむ』というもののけの声と同時に龍玄が首を縦に振った。

「こいつらを助けてばかりいると思ったが、助けられていたとはな」

龍玄はしみじみと言いながら、ホッとしたように息を吐いた。

「じゃあ解決したことですし、冷めないうちに朝食にしましょう！　今日は珍しく、パンにしてみようかなって」

瑠璃はトースターの電源ボタンを押した。

しばらくすると、パンの焼けるいい香りがキッチンに広がる。

珈琲《コーヒー》を用意しようとしたところで、カップがコロンと卓上を転がる。驚いた瑠璃が動きを止めていると、龍玄が半眼になって何かをつまみ上げた。

どうやらウサギ風ものののけがそこに移動してきていたようだ。

「誤解が解けたといっても、悪戯《いたずら》はよくないぞ。見えていない瑠璃をからかうのはダメだ」

『ちゃうちゃう、逆や。お礼の印やで』

そう言われて、瑠璃が転がったカップに視線を向ける。するとカップの下から小さな部品が現れた。

「あっ！　これ、探していたネジです」

先日、持ち手がぐらつく鍋のネジを締めようとしたところ、外れてどこかに転がっていってしまった。ずっと探していたのだが、見当たらなくて困っていたのだ。

「嬉しい……ありがとう、ウサギ風もののけさん」

『ええねん。次先生の怖い顔に困ったり捕まったりしたら、お嬢さんに言うわ』

状況を理解した龍玄は、つまみ上げていたもののけを卓上に戻したようだ。龍玄の視線がキッチンの外に向かうと同時に、声も遠ざかっていったことから、ウサギ風もののけが去ったのだとわかる。

視線を追っていた瑠璃の頭に、龍玄の大きな手がポンと乗せられる。

「瑠璃、助かったよ」

穏やかに微笑む龍玄が想像以上に近く、瑠璃はとっさに身体を引っ込めた。

「いいえ、私のほうが助かっちゃいましたから！」

顔が赤くなってしまったのを見られないように、瑠璃はすぐさま珈琲《コーヒー》の用意を始める。

朝食が出来上がる頃には、ドキドキしていた胸の鼓動も収まった。

目玉焼きを食べながら、龍玄は誰もいない子ども用プールを見つめている。瑠璃には見えていない生き物が、きっとそこかしこにいるのだろう。

そんな彼の姿をぼんやりと見つめ、瑠璃は温かい気持ちが胸に広がっていくのを感じていた。

食事を終えると、瑠璃は庭から摘んできた小さな花を直した鍋の横に置いた。

ちょっと目を離した隙にそれはいつの間にか消えている。

話し下手だけど、いつも側にいてくれるもののけに感謝の気持ちが伝わっていればいいなと、瑠璃は鍋を見つめながら微笑んだ。

ついつい、見えているものにばかり意識が向きがちだが、目に見えない物事はたくさんある。そして、その一つ一つに、計り知れない理由があるのかもしれない。

「……自分に起こる物事には、なにかしら意味があるのかもしれないわね」

呟いてみると、桔梗の頷く声が聞こえてくる。

『せやのぉ。自分のためにメッセージが来てると思ったら、おもろいんちゃう？』

「そうね。お互い、誤解したままにならなくて本当によかったわ」

『瑠璃のお手柄やな』

そうかもしれないねと同意してから、瑠璃は鍋をじっと見つめる。

せっかくもののけがネジを見つけてくれたのだから、今夜はこの鍋を使った料理にしよう。それを知ったらきっと、ウサギ風もののけも喜んでくれるに違いない。

何を作ろうかなとワクワクしながら、瑠璃は夕飯の献立を考えるのだった。

第二章

市美展では、絵のサイズ規定はあるが画題が決められているわけではない。技法も、油彩、日本画、彫刻、書、工芸、写真とあり、それぞれ自分で好きなものを選ぶことができる。

何を描くか決められていない絵画展に、瑠璃が挑戦するのは初めてだ。

学生時代の課題は大抵モチーフが決められていたし、たとえ自由だったとしても、テストや卒業という目標に向けての制作だった。

「だから、全部自由って言われると、ちょっと面食らうというか」

瑠璃は買い物に出かけながら、ちっともいい主題が思い浮かばずフクに小声で話しかけていた。

奈良の昼は今日も静かで、少しずつ近づいてきた夏に向かって日差しが強くなりつつある。

日の光を手で避けながら、瑠璃は今自分が決めていることを数え上げた。

「画法は慣れている日本画で、搬入出する際に自分一人でも問題ない大きさにする。

これだけは決めたのよね」

しかし、それ以外は未定の状態だ。

『今まで規定がある中で制作してきたんやし、そら右も左もわからんっちゅう気持ちにもなるわなあ』

「課題の時もそれなりに迷ったけれど、今回はそういう感じじゃないのよね」

例えるなら、初期装備で地図も持たずに、どこにいるかわからないラスボスを探せと言われている気分だった。

『描きたいもんは、いっこもないの？』

瑠璃は首を横に振る。

「描きたい気持ちしか、まだないのよね」

『急がんでも、また散歩でも行ったらええやん』

フクの提案を聞いて、瑠璃は家まで少し遠回りをすることに決めた。

一人で歩いてみると、面白い形の家や、普段は気づかなかったお地蔵様が視界に飛び込んでくる。

「この辺りのことを知っているつもりになっていたけれど、まだまだみたいね」

『普段やったら鹿の落とし物に気ぃ取られて、足元ばっかり見てるしな』

「そうなのよね。気をつけていても、結局踏んでいるけれど」

前を向いて歩いてみれば、青空や遠くの山、飛んでいる鳥たちが目に入る。奈良の景色が好きだと言っていた茜の言葉を思い出し、のどかできれいな場所に住んでいることを再確認した。

「いい画題がないか、もう少し考えてみるわ」

完成図がしっかり頭の中に出来上がらないと、瑠璃は絵に手をつけることができないタイプだ。

ぼんやりとしたままでは何も描けない。

申し込みは済ましたが、会場への搬入日はまだ先のことだし余裕はある。瑠璃は目新しい発見を求めて、いつもとは違う道に足を踏み込んだ。

気がつくと風が生ぬるく、空模様が怪しくなってきていた。思わず周囲を見回すとフクの声が聞こえる。

『瑠璃、はよ帰り。雨が来るで』

「そう？　急いだほうがいい？」

『雨降り小僧がそこ通ったさかい、はよしい』

そんなもののけがいるのかと驚く暇もなく、雲の流れが速くなり風が吹いてきた。

「ほんとに早く帰ったほうがよさそうね」

洗濯物を干してきたことを思い出し、瑠璃は小走りに屋敷に戻ってすぐ洗濯物を取り込んだ。

瑠璃がそれらを抱えて軒下に飛び込むのと同時に、ぽつぽつ雨が降り出してくる。

『間に合ってよかったなあ』

「濡れると重いのよね。フク、お天気を教えてくれてありがとう」

ラジオによると九州地方や四国は、例年よりも早く梅雨入りしたという。ざあざあ音を鳴らし始めた雨に耳を澄ませながら、瑠璃は広い軒下でしばらく雨粒の様子を眺めていた。

『おかえり、瑠璃ちゃん』

右耳の近くから、可愛い声に話しかけられた。ぷぷぷ、という音に窮鼠の声だと気づいて、瑠璃は微笑む。

「ただいま、伍。あなたがここにいるってことは、緑青は？」

『お庭で雨に当たっているよ』

『……はぁ？　なんや、あの変な踊りは。わしのが上手《うま》いんと違うか？』

フクが呆れたような声を出すと、庭先からケケケと笑い声のようなものが聞こえてきた。

「緑青の笑い声かしら？　彼はご機嫌なのね？」

『うん。河童《かっぱ》は水が好きだから』

「もう歩いたり頭に水を当てたりしても平気なの？」

伍は『ダメだよぉ』と少し心配そうにしている。

『でも、ちょっとだけならいいの。我慢しすぎは良くないから』

「いつまでもキッチンにいたんじゃ、つまらないわよね。大きな池で泳ぎたいだろうし――」

緑青を思うと、早く治ってほしいと願わずにいられない。同時に、やりたいことが明確な緑青が少しだけうらやましく思えて、見えないと知りながらも庭に目を凝らす。

すると、瑠璃の頭上から桔梗の声が聞こえてきた。

『なんや瑠璃、まだ迷うてるん？』

瑠璃の様子から、桔梗は心中を察したようだ。瑠璃はこくりと頷いた。

「そうなの。色々考えていたら、何が描きたいのかわかんなくなっちゃって」

そう言いつつ、瑠璃は庭先の笑い声をぼうっと聞きながら考え込む。

嫌いにならないとは言われたものの、できれば、龍玄に褒められるような作品が描きたい。もののけの通訳だけではない自分の能力を、彼に見てもらいたかった。

今日見た美しい景色、庭先の雨。いくつか絵の構図が頭に浮かぶものの、それが描きたいのかというとそうではないように思う。

――やがて、再度桔梗に声をかけられて、瑠璃は時計を見て飛び上がった。

「いけない、夕飯の準備しなくっちゃ！」

『今日の夕飯はなに？』

「珍しく洋食なの。ハヤシライスよ」

キッチンに行ってエプロンを装着する。急いで玉ねぎを炒め始めると、もののけ達が匂いにつられて集まってくるのか、あちこちからざわめきが聞こえてきた。

『そんなハイカラなもん、龍玄が食べるんか？』

桔梗に言われて、瑠璃は笑った。

「ハヤシライスはハイカラなお料理なのね。きっと食べてくれると思うんだけど」

『すっかり瑠璃に胃袋掴まれてしまってるなぁ』

「作ったものを美味しそうに食べてくれるのは嬉しいわよ」

今度は具だくさんの稲荷寿司を作りたいと桔梗と話をしているうちに、龍玄がふらりとキッチンにやってきた。

『ええ匂いにつられて、龍玄先生もお出ましや』

緑青に言われて瑠璃が振り返ると、龍玄は自室のポットを持ったまま目元を緩ませている。その表情には見覚えがある。

「……先生、もしかして、また私はもののけまみれですか？」

「そうだな。ひとまず、つまみ食いをしようとしている河童《かっぱ》がいるのは、早めに伝えておこうか」

「えっ⁉　食べても平気なの？」

瑠璃が驚いて辺りをきょろきょろしていると、耳元から伍の声が聞こえてきた。

『ちょっとだけならいいよぉ。僕も、瑠璃ちゃんのお料理一口食べたいな』

「先生、緑青と伍も食べたいって」

龍玄はポットに水を入れながら、胡散臭そうに何かを見つめている。

「……少しだけだぞ」

龍玄の許可が下りると、もののけ達が騒ぎ始める。

瑠璃は賑やかな声に嬉しくなってしまい、ハヤシライスを作る手に力がこもった。

「じゃあ、みんなのぶんは別のお皿に分けておくから」

「瑠璃はもののけに甘いな」

それは龍玄も一緒だが瑠璃はあえて言わないでおいた。

「ところで、何を描くか決まったのか？」

夕食が始まると、熱すぎるハヤシライスを冷ましながら、龍玄は瑠璃の進捗を訊ねてきた。

瑠璃は苦笑いをして首を横に振る。それから助けを求めるように龍玄に視線を向けた。

「……ちなみに、画題に悩みすぎないコツってないでしょうか？」

瑠璃の問いに、ハヤシライスの美味しさに舌鼓を打っていた龍玄はごくんとそれらを飲み込んだあとに口を開いた。

「そんなものはない」

「え……あっ、そうなんですね」

切り捨てるような返答に面食らって、瑠璃は、一瞬ぽかんとしてから目を瞬かせた。

たしか龍玄は、美術雑誌などで似たような質問に答えていたはずだ。もしかして自分に見落としがあったのかと、瑠璃は今まで読んだ記事を脳内で思い出してみる。

しかし、彼がそんな素っ気ない答えをしていたというのは、記憶の中では一度もなかった。

　手が止まってしまった瑠璃に気がつき、龍玄が手に持っていたスプーンを皿の上に置く。

「いつもは難しく答えているだけだ」

「……そういうことでしたか」

「そのほうが、らしいだろ？」

　そう肩をすくめられて、瑠璃は頷く。簡潔に述べるのも大事だが、簡単な答えを望んでいない読者に対して、言い回しを考えているようだ。

「では、上手《うま》く描くコツとかはありますか？」

「その質問の答えも『そんなものはない』だな」

　瑠璃は龍玄の言葉の奥に、彼が言いたいことの真意を探そうとしたが難しかった。

結果、瑠璃の思考が行きつくところは彼の非凡さだ。

「そうですよね。先生は絵の才能に恵まれていますし」

　平凡な自分とは違い、龍玄は、画題に悩むこともないのだろう。

　瑠璃が落ち込む正面で、龍玄は口をつぐんでもぐもぐ咀嚼していた。瑠璃はじっとハヤシライスを見つめたまま呟く。

「……先生は天才です。だから『そんなものはない』という言葉にさえ説得力が生まれます」

龍玄は瑠璃の返答を聞きながら茶を飲むと、困ったなというように一つ息をついた。

「瑠璃、描くしかない」

なんともいえない、低い声が返ってきた。顔を上げるとじっと龍玄が瑠璃を見つめている。

「……おっしゃる通りですが……」

悩む瑠璃にそれ以上は何も言わず、龍玄は残り少ないハヤシライスに視線を落とした。

かちゃかちゃとスプーンを動かす音だけが食卓に響く。その時だった。

『——なあ、瑠璃ちゃん。ワシこれ気に入ったわ。おかわりほしいな』

急に聞こえてきた緑青の声にきょろきょろすると、龍玄はうろんな目つきで隣の席を見つめた。

「食い散らかすなよ、緑青」

龍玄の忠告に、緑青は『美味《うま》いねん！』と力強くおかわりの催促をしてくる。

『瑠璃の料理に胃袋掴まれたのは、龍玄だけやないっちゅうことや』

桔梗の声が頭上から聞こえてきて、瑠璃は思わず「おかわりいる?」と訊ねてしまう。

「……それ以上食ったら、食費を払わせるからな」

ボソッと呟かれた龍玄の一言に、瑠璃はようやく少しだけ笑うことができた。

＊

食後、部屋に戻って座り込むなり龍玄は髪を掻きむしった。

「あーくそ」

背もたれに身体を預けたところで視線を感じ、龍玄は苛立たしげに目を開けた。

紙の上には真っ白な夏毛に生え変わったフクが、半眼で龍玄をじっと見つめている。

『やってもうたな先生』

「……なんだ、フク。その顔は」

声をかけると、フクはさらに目を細めて、ぐいっと首を伸ばして龍玄を下から覗き込んだ。

「ガンを飛ばすな。輩《やから》じゃあるまいし」

龍玄も不機嫌に見下ろすが、一向にフクは龍玄を睨むのをやめない。

困ったなと机に肘をついて顎を乗せ、龍玄はフクと目線を合わせた。

「何が言いたいんだ。といっても、俺はお前達の声が聞こえていないからな。言われてもわからないんだが」

それは百も承知だと言わんばかりにフクは頷く。龍玄は口元をへの字に曲げた。

「そうカッカするな。瑠璃への言い方がきつかったのを怒っているのだろう?」

フクは怒っているのを表現しようとしているのか、頭の上の羽をぶわっと逆立ててみせる。

そうしてから龍玄を半眼のままじいっと下から覗き込んだ。

一つしかない琥珀色の半月に映る自分を見つめ返し、龍玄は静かに呟いた。

「怒る気持ちもわかるが……ここは甘やかしたらダメなところだろ?」

フクはその一言で瞼《まぶた》を全開にして、いつものぱっちりとした大きな一つ目に戻った。

まだ、頭の毛は逆立ったままだが。

「あのなあ、さっきも瑠璃に言ったが、こういう時は悩むしかないんだよ」

龍玄は息を吐くと、ゆっくり瞬きして瑠璃の守護もののけをつついた。

「悩んだって仕方がないと言って、彼女の悩みが消えるならそうしたっていい」

じゃあなぜそうしないのだ、と首をかしげるフクに龍玄は首を横に振った。

「だがそんなことはありえない。悩みは自分で答えを見つけ出すまで止まらない。誰かに言われて消えるなら、とっくに誰もがそうしている」

解決方法は、本当は一つしかないのだというのが龍玄の持論だ。

「人に話したり、助言をもらったりして悩みが消えたというのは嘘だ。言われたことに、自分自身が納得したから悩まなくなったというだけで」

『……そらそうやなあ』

フクの呟きは龍玄に届かない。龍玄は机に肘をついたまま、真剣な表情でフクを見つめる。

「彼女には今、悩むことが必要なんだ。自分の価値を正しく理解するためにな」

ふうん、とフクは先ほどとは反対に首を曲げる。

「とことん考えたとしても、答えなんて見つからないこともあるが……大事なのは、明確な答えじゃなくて、そこに至るまでの過程と時間だ」

龍玄はいまだ逆立ったままのフクの頭に手を乗せてから、そっと撫でた。

「……瑠璃がそれに気づくまでは、俺は悪者でいい」

手を離すと、フクの頭上の羽は元通りになっていた。

龍玄のことをフクがどう思ったかはわからないが、もう怒っていないようだった。

＊

雨は翌朝まで降り続き、そのあと曇りに変わった。

ラジオでは天気予報は晴れだと伝えていたが、空はまだ太陽の日差しを遮る分厚い雲に覆われている。

そんな空を見上げてから、瑠璃は廊下に立っている龍玄へ視線を向けた。

「龍玄先生」

黒電話のもののけにちょっかいを出していたのか出されていたのかわからないが、空中をつんつんしている手を止めて、龍玄が瑠璃に向き直る。

瑠璃はほんの少し口元を緩めてから、首をかしげた。

「少しお散歩に行きたいのですが、いいですか？」

「どこまで行くんだ？」

「また浮見堂まで」

瑠璃は昨晩、茜に連絡を取っていた。

茜は雨が降っていなかったら、今日またお堂に足を運ぶと言っていた。確実な約束をしているわけではないが、会えたらいいなと思っている。

「……俺も気分転換に出かけるか」

『せやせや。少しは歩かな、脚縮んでまうで』

桔梗がニヤニヤしながら言うと、龍玄は瑠璃の頭から桔梗を引っぺがしたようだ。

『あ、こら龍玄！　ネズミみたいに扱うなっちゅうとるやろ！』

「お前が俺のことを悪く言ってるのはわかっているんだからな」

『なんでバレたんや⁉』

「なんだその顔は。まさか俺が気づいていないとでも思っていたのか」

龍玄は桔梗の髭《ひげ》を引っ張っているらしい。それから顔を両手で挟み込んで、ぐりぐり揉んでいるような仕草が見える。

抗議の声が聞こえないのを理由に、龍玄は散々桔梗をこねくり回してから瑠璃の頭に戻した。

『なんやまったく、えらい顔引っ張りおって！　腹立つわ！』

寝ている時と悩んでいる時に雑音立ててやる、と桔梗がぷりぷり怒っているので、瑠璃はこらえきれず笑った。家鳴《やな》りなのだから、柱を軋《きし》ませて鳴らすなど造作もないことなのだろう。可愛らしい抗議と反撃に、瑠璃はたまらなくおかしくなってしまった。

『ここの家はええなあ、みんな仲良しで』

緑青ののんびりした声が聞こえてきて、瑠璃は子ども用プールを見つめた。

「龍玄先生は優しいの。みんな大好きなのよ」

『別に大好きと違うで。そこちゃんとしとかな、誤解生む』

桔梗はそう言うものの、それが口だけなのは瑠璃もしっかりわかっていた。

くすくすと笑っていると、おっとりとした声がまた聞こえてきた。緑青だ。

『浮見堂かぁ、ワシも瑠璃ちゃんについていってもええか?』

緑青の要望を龍玄に伝えると、彼は読んでいた新聞から視線を緑青に向ける。

「……まあいいだろう」

『なんやその顔。またワシは龍玄先生に抱えられる運命か』

「緑青の傷は良くなったのか?」

『ぼちぼちやなあ。まだちょっとばかし沁みるさかい、無理したらあかんて伍に耳タコで言われとる』

経過は良好だと知ると、龍玄は心なしかホッとしたようだ。

痛い痛いとべそを掻きながら家に来た当初よりも、緑青はかなり落ち着いた様子に見える。伍の治療が効いているのだろう。

一瞬、昨日のことを思い出して躊躇《ためら》いつつも、瑠璃は龍玄を見上げて微笑んだ。

「ちゃんと治るまでは、二人ともここに居候してもいいですよね、先生？」

「まあ、仕方ない」

龍玄は肩をすくめたが、邪険にしているわけではなかった。そして、彼の態度がいつも通りであることに内心胸を撫で下ろす。瑠璃は今度こそにっこりすると、小さく手を叩いた。

「じゃあ、もう少ししたら出かけましょう。先生と一緒にお散歩に行くの、とっても楽しみです」

龍玄は目を瞬かせてから「参ったな」と髪をポリポリ掻く。

『瑠璃にそんなこと言われたら、さすがに断れないわなぁ』

桔梗がまた余計な一言を言ったが、それに龍玄は気づかず息を大きく吐いたのだった。

見覚えのある背中にこんにちは、と瑠璃が声をかけると、振り向いた長い黒髪の美人な女性――茜は爽やかに微笑んだ。

「瑠璃ちゃん久しぶり！」

浮見堂の池の周りには、岩があちこち配置されている。そこの一つに腰を下ろして
いた茜の隣に立って、瑠璃はすでにスケッチブックを立てていた茜の手元に視線を向
けた。

「どうですか、茜さんの今日の調子は？」

「んー。いい感じかなあ。どう思う？」

差し出された茜の画面を覗き込み、瑠璃はうんうんと頷く。

「やっぱり茜さんの構図ってすごく素敵です。習っていたんですか？」

「独学だよ。外に出て絵を描くのが好きでさー」

へえ、と相槌を打ったところで、茜が瑠璃の持ち物を見て口元をほころばせた。

「瑠璃ちゃんも描くのね？」

「……持ってきちゃいました」

脇に抱えていたスケッチブックと鉛筆を取り出して、瑠璃は小さく笑った。

「いいねいいね！　一緒に描こうよ」

「はい。隣お邪魔してもいいですか？」

もちろん、と茜は嬉しそうにしている。瑠璃は遠慮なく茜の隣に腰を下ろして道具を広げた。

やがて、空は予報通りに晴れてきた。するとポカポカと気持ちいい絶好の写生日和だ。

まだ画題を決めたわけではないけれど、今日はこの気持ちいい景色を描こう。そう決めると、すっと胸が楽になった。

どういう感じで描こうか、と首をかしげたところでフクに呼ばれる。

『先生、ちょっと歩いてくるって言うてるよ』

顔を上げると、龍玄は反対のベンチに座り込んで景色を眺めているようだ。瑠璃の肩を確認すると、ゆっくり立ち上がり、歩き始める。

――実は、浮見堂に行きたいと言った瑠璃に、スケッチブックを持っていくことを勧めたのは龍玄だった。散歩だけでいいと断ったのだが、押し切られるような形で画材を抱えて向かうことになったのだ。

（先生は優しいわ）

瑠璃がいまだに何を描こうか考えているのを見透かしているのだろう。瑠璃に出品するのを勧めたのも相まって、陰ながらサポートしようとしているのかもしれない。

（だから、素敵な絵を描かなくちゃ……！）

瑠璃が描いている間、龍玄は辺りをふらふらしてくると言っていた。なので瑠璃は安心してスケッチブックに鉛筆を走らせることができた。

ボートに乗って遊ぶ人の声、風で揺れる木々のざわめき、観光客たちが景色の美しさに息を呑む姿。

そんな日常を肌で感じながら、集中して絵を進めていく。

「……ちょっと、瑠璃ちゃんすごい上手じゃない」

茜に覗き込まれていることに気がつかず、声をかけられて初めて瑠璃はハッと顔を上げた。

「すみません、集中してしまって。何か私に話しかけましたか？」

「ちょうど今、話しかけようと思っていたところ。見せて見せて！」

その言葉におずおずとスケッチブックを差し出すと、茜の目が見開かれた。そこには、周辺の景色が鉛筆の線で描写されている。

「めちゃめちゃ上手《うま》いね。まるで写真みたい！」

「ありがとうございます」

茜は絵をしばらく見つめてから、瑠璃に視線を向けてくる。

「瑠璃ちゃんこそ、絵を習っていたの？」

美大で日本画を専攻していたことを伝えると、茜の表情が輝いた。

「なるほど、専門家だったわけね。そりゃあ上手なわけだ」

感心するようにふむふむと頷きながら、茜は再び瑠璃の絵を熱心に見つめる。

「そういうわけじゃないんですよ。専攻していたというだけで」

「そんな謙遜することないじゃない。でも嬉しいな。美大に行ってた人に、構図を褒めてもらえるなんて。私の絵も捨てたもんじゃないってことね！」

「茜さんの絵は、感情豊かな独特の線が素敵です」

「えへへー。でしょ？」

くっきりとした輪郭が特徴の茜の絵は、華やかでエネルギッシュだ。例えるのなら、絵葉書として売られているような味わいがある。

対する瑠璃の絵は、正確さと静かさが目を引く。写真みたいだという感想は、瑠璃の絵に対する賛辞の常套句だ。

比べるものではないとわかっていても、茜の絵には自分の絵にはない眩しさを感じて、瑠璃は目を瞬かせた。

「茜さんと同じで、画面もパワフルでとても好きです」

「ありがとう。……実は、絵を描くのが好きな人と一緒によく描いていたんだ。私の絵は、その人の影響なのかも」

いったい誰とだろう。

瑠璃がそう思うと同時に、隣で茜がちょっと寂しそうに笑った。

「……おばあちゃんと描いてたの。もう死んじゃったんだけどね」

「大事に思ってらっしゃったんですね」

「大好きだったんだよね。なのに私ったら……おばあちゃんが施設に行くようになってから、顔見るのも一緒に絵を描くのもしなくなっちゃって。いっぱい誘ってくれてたのに、突っぱねてたんだ」

思春期って言ってもごまかしだよね、と呟きながら、茜はぽつぽつと続きを語った。

そうしている間に祖母と過ごす時間は減り、気がつけば一緒に絵を描くこともないまま、彼女は天国に行ってしまったのだという。

「あの当時は億劫だったんだけど、今思えばなんで優しくできなかったのかなって」

後悔先に立たずだよね、と残念そうにしながら茜は髪を耳にかけた。

「なんだかおばあちゃんに申し訳ない気持ちが残っていて。それで、介護職に就いたの」

「そういう事情があったんですね」

名刺に書かれていた彼女の職場を思い出して、瑠璃が頷く。すると茜はとびっきりの笑顔を浮かべて、瑠璃を見つめた。

「でも罪悪感から始めた職業とは思えないくらい天職だったみたい。つらいし体力勝負だし、夜勤は大変だけど、それでもやりがいを感じるんだよね！」

それはよかったなと瑠璃も微笑む。

「おばあちゃんに優しくできなかったぶん、他の人には優しくできている気がするんだ。天国のおばあちゃんもきっと、許してくれてるはず」

「きっと、そうだと思いますよ」

「でしょ。でも、今ちょっと悩んでてね」

茜は気落ちした様子で自身の絵に視線を落とす。

「絵が好きな入所者さんがいるのよ。以前は仲良く描きに行っていたのに、最近ちっとも外に出かけなくなっちゃったんだよねー」

茜はため息をつく。

「こうやって写生した絵を見せて、またどうですかって誘うんだけど、『行かない！』の一点張りなのよ」

加えて茜と少し距離を置きたがっている様子になったという。

一生懸命だったことを否定されると、自分自身を否定されているような錯覚に陥ること。

自分にも思い当たる痛みに、瑠璃は心臓がぎゅっと縮まった。うまく答えられずに唇を噛むと、茜は首を横に振ってから、瑠璃に向かって微笑んだ。

「今の状況って、私がおばあちゃんにしてきたことと似ていて……自分の行いがはね返ってきただけなんじゃないかって。だから、ミチコさんっていうんだけど、その入所者さんと向き合いたいし、ここが私のターニングポイントなのかもって思ってる。でもめちゃめちゃしんどい！」

茜はうーんと大きく伸びをした。

「だから、構図がいいとか味があるって瑠璃ちゃんに言ってもらえたの、すごく嬉しかった。……こんな話ごめんね？」

にこっと微笑まれて、瑠璃は慌てて首を横に振った。

「いいえ、話してくださってありがとうございます」

きっと人は、誰にも言えない悩みをいくつも心の内に抱えている。それを話せる相手がいることも、聞いてくれる人がいることも、重要な人の営みの一つなのかもしれない。

「私もつらかったことを人に打ち明けて、楽になったことがあります」

瑠璃は龍玄に自分のもののけの声が聞こえる体質を受け入れてもらって、心が軽くなったのを思い出す。私も、もしそんな相手になれたら嬉しい。

そう思いながら、瑠璃は茜の目を見つめ返す。

「ですから、茜さんがつらい時は私でよければいつでも話を聞きます」

意気込む瑠璃の表情を見て、茜は笑って手を差し出した。

「話を聞いてくれたのが瑠璃ちゃんで良かった。ありがとう」

とんでもない、と瑠璃が手を握り返したところで、フクの声が聞こえてきた。

『先生戻ってきたで。瑠璃もぼちぼち帰るかい？』

遠くで座りながらぼうっとしている龍玄の姿を視界に捉えて、瑠璃は茜に向き直った。

「茜さん。私そろそろ帰って仕事をしますね」

「わかった。私はもう少しここで描いていくから。気をつけて帰ってね」

瑠璃は片付けを終えると茜に手を振った。池の反対側に座り込む龍玄に近づくと、首をかしげられる。

「もういいのか？」

「はい、大丈夫です」

「そうか。こっちで見ていたが、あの女性もいい具合に絵を描くんだな」

いい具合に、という龍玄の言葉にドキリとする。

「そ、そうなんです。すごくダイナミックで温かい絵で――」

そう褒めつつも、瑠璃はなぜか焦った口調になってしまう。

茜の絵を、龍玄が素直に評価していたのが胸に引っかかった。瑠璃よりも彼女の作品のほうが、魅力的に思われてしまったのかもしれない。心許なくて、スケッチブックをぎゅっと握りしめる。

色々と考え始めた瑠璃に、言葉を探していた龍玄が口を開いた。

「瑠璃」

「は、はい！」

「君の絵を誰かと比べる必要はない」

グダグダする瑠璃の思考に、龍玄が心を見透かすように王手をかけてくる。

あまりにも重たい一手に、瑠璃は心臓を冷たい手で鷲掴みにされたようになった。

「そ、それはそうです。龍玄先生はプロですし、茜さんは目標があって楽しく描いているわけで」

茜の絵とも龍玄の絵とも、瑠璃の絵は違う。わかっている。わかっているけれど、でも——

さらに瑠璃の身体が強張ったのを見て、龍玄が慌てた表情になった。

「……違う、そうじゃない」

龍玄はひどく困ったような顔のまま、瑠璃に向き直った。

「そもそも誰とも比較するべきじゃないんだ」

少し怒った声音で肩を掴まれ、瑠璃は反射的に龍玄を見上げた。

「ですが、すごすぎる人や、生き生き描いている人を目の当たりにすると、絵が好きなだけの自分が情けなくて……」

「馬鹿なことを言うな。俺なんか、君がいなきゃまともに生活もできない人間だぞ。そうじゃなくて——」

重くなった空気を払拭するように龍玄を遮ったのは、伍の申し訳なさそうな声だった。

『あのぉ、緑青にお薬塗りたいから、先生あっち向いとってくれへん？』

あまりにも絶妙なタイミングに、瑠璃は目をぱちくりさせてしまう。

「先生、話の途中で申し訳ないんですが、伍がお薬を塗りたいって」

どこか別の方向を見ていてほしいと伝えると、龍玄はがっくりと肩を落とした。それから言われるがまま緑青を岩の上に置き、自身は後ろ向きに座る。

「……なんで俺のほうが気をつかわなきゃならないんだ、まったく」

『ケケケケ。そら先生がおっかない顔しとるから、伍もびびっとんねん』

ぶつくさ文句を言いながらも、龍玄はしっかり目までつむって伍を見ないようにしている。その姿に瑠璃の緊張が一気にほぐれた。

そんな瑠璃に向かって、緑青が小声で話しかけてくる。

『瑠璃ちゃん。先生も万能やない。伍が姿を見せないことに悩んでるようやで。先生はこう見えて、意外とワシらに嫌われるのが苦手みたいや』

『緑青、動いたらダメ。今お薬塗ってるの!』

ささくれ立ちそうだった瑠璃の心が、もののけ達の会話を聞いているうちに平穏を取り戻していく。

『よし、治療完了。お待たせぇ』

同時に小さな声が治療を終えたことを告げる。緑青が言ったように、伍は龍玄に見つかりたくないのかその声とともに姿を隠したようで、龍玄が視線をさまよわせる。

見当たらない伍にがっかりしたらしく、ほんの少し口を曲げた。

「……やっぱり滞在費をもらうとするか」

もちろん、もののけに激甘な龍玄が緑青と伍から費用をむしり取ることはない。瑠璃は自分が小さなことで悩んでいるように感じて、気が抜けてしまった。

「先生。一緒にお出かけしてくれてありがとうございます。私の悩みにつきあわせてしまっただけになってすみません」

高い背を見上げながら、瑠璃は少しほろ苦い気持ちになる。

すると龍玄は伸びをしていた腕を下げて、ぽりぽり頭を掻いた。

「……帰るか。歩き疲れたな」

はい、と頷いて、瑠璃と龍玄、それからもののけ達は帰路についたのだった。

＊

屋敷周辺や出歩いた先で描いたスケッチを元に、いくつか構図や画題を考えた結果、出品する作品を風景画に決めた。

この頃は、家の仕事はなるべく午前中に終わらせ、午後の空き時間に自分の制作をするように調整している。それが最近の瑠璃のルーティーンだ。

加えて、茜と一緒に写生したのをきっかけに、家事が少ない時はフクとともにスケッチブックを持って外に出かけることも増えた。

今日は草むしりに奮闘した午前中が終わると、出品する作品と同じサイズの紙に絵を描いている。

『——しかしすごいなあ。きっちりした線でよお描けとるわ』

部屋で作業をしていると、桔梗がびっくりした様子で瑠璃の絵を褒めてきた。瑠璃はハッとしつつ、手元の紙に視線を落とした。描かれているのは新緑が広がるのどかな奈良の名所の風景だ。

「ありがとう。でももうちょっとこう、なんか一味欲しいっていうか」

瑠璃が今自分に求めるのは、茜のようなダイナミックさや龍玄のような独特な世界観だ。

『瑠璃も芸術家やなぁ』

「そんなことないの。自分でモチーフを決められないから、茜さんと同じ風景画にしただけだし」

そう。描きたいものがどうしても決まらなかったため、過去の受賞作品や、選評委員たちの経歴などを調べ、入賞の傾向通りに風景画にするのがいいと瑠璃は判断したのだ。

　ただ、入賞にこだわらなくていいと言われたから、決められなかったと伝えるのは恥ずかしくて別の理由を口にする。

「風景画は日本画とも相性がいいから」

　瑠璃は美しい古都の風景を描きながら、葉っぱの位置や光の向きの微調整をした。

　新緑の季節のため緑の絵の具を多く使うだろうな、などと考えながら立ち上がり、離れて下絵を見つめる。そんな瑠璃に、声をかけてきたのは緑青のようだ。

『瑠璃ちゃんは、えらいきれいな絵を描くんやなぁ』

「あら緑青、歩いて大丈夫なの？」

『伍に許可もらったからな。ちゃんと、家の中濡らさんように足も拭いてきた』

　瑠璃はバスマットで足を丁寧に拭いている河童《かっぱ》の姿を想像して笑ってしまった。子ども用プールに住みついている緑青は、この家の一員になりつつある。

　もうしばらくして伍の許可が下りれば、もっと散歩したり泳いだりしてもいいらしい。

　しかし頭の皿はひびが入ったままで、やっと薄くくっついてきたところなのだとか。

これでまたどこかにぶつけると、今度は治るのに倍以上時間がかかるそうだ。

「無理しないで。お皿の調子はどう？」

『もう痛くないで。しかし調子乗ると怒られるからな、ぼちぼちや』

近づいてきた緑青の声が、瑠璃の隣で音を止める。どうやら近くに座り込み、瑠璃の制作の様子をしばらく眺めることに決めたらしい。

『ええなあ、まるで絵みたいや』

「まるでというか、絵よ」

『おおそうやったわ。写真みたいっちゅうのかな、とにかく美しいわぁ』

瑠璃はもう一度画面と距離を取りながら、自身の絵を見つめた。

「うーん、無機質な印象っていうか……茜さんと違うし」

神経質なほど正確な線で紡がれる瑠璃の作品には、どこにも無駄がなくキリキリと引き締まった印象が強い。

豪胆で生き生きと流れるような力強さがある茜の画面は、見ているだけで楽しい気持ちになる。

それなのに、自分の絵からはそういった躍動感がなく、味気なく思えてしまう。

「先生と絵を描いた時は、すごく楽しかったんだけど、なんだか今は、ピンとこないのよね」

　龍玄と一緒に、もののけ達の引っ越し先を描いた時は、驚くくらいに世界が感情に満ち溢れ、ワクワクした気持ちが止まらなかった。

（なんでかしら、あの時と、何が違うの……？）

『龍玄とはまた違った美しさやし、瑠璃は茜さんとも違うんやし、気にせんでええやん』

　頭上の定位置にいた桔梗が励ましてくれる。しかし瑠璃はわずかにため息を吐いた。

「先生みたいに、もっと素敵な絵を描きたいのに」

『龍玄と同じに描いたってしょうもないやろ。瑠璃は瑠璃やで』

　桔梗に諭《さと》されたところで、廊下を歩いてくる人の気配がした。ややあって部屋に龍玄が顔を覗かせる。

　瑠璃は彼を部屋に招き入れると、少し遠くに設置した下絵を手で示した。

「先生、少し作品を見ていただきたくて。感想をもらえたら……」

「ああ、それはいいが」

　そう言って中に入るなり、龍玄が眉をひそめた。

「……お前達は暇なのか」

視線がぐるりと部屋中を巡るところを見ると、どうやらもののけ達が大勢部屋の中にいるようだ。

『暇とちゃうわ。うちの大事な瑠璃を応援してんねん』

代表してくれたのか桔梗の声がする。言ってることを察したのか、桔梗の姿に龍玄はふうん、とつまらなそうに返事をした。

「まあいい。で、どれを見るんだ？」

「これなんですけど……どうかなって」

瑠璃の描いた下絵を見るなり、龍玄は即座に頷いた。

「いいんじゃないか」

「本当ですか？」

龍玄は再度首を縦に振って、それから思い出したようにおつかいの用事を口にし始める。

瑠璃はきょとんとしてから、慌ててそれらをメモに取り、しっかり頭に入れた。瑠璃が復唱すると、龍玄は頷いて踵《きびす》を返した。

「絵の制作もあるのにすまない。よろしく頼んだ」

「あ、あのっ」

出ていこうとする龍玄の着物の裾を掴んでしまってから、瑠璃は変に胸がドキドキし始めた。途端、背中にどっと冷や汗が浮かぶ。

「どうした？」

「……私の絵、どこか変ですか？」

「どうしてそう思う？」

あまりにも龍玄が何も言わないので、瑠璃は動揺していた。言いたいことを探していたのだが、うまく言葉にできずに口ごもってしまう。

褒めてもらいたかったわけではないが、もっと意見をもらえるものだと思っていた。なのに、龍玄はいつも以上に口数が少ない。それどころか、表情の一つも動かなかったのが気になった。

「……いえ、なんでもないです……」

龍玄が一瞬だけ心配そうな顔をしたが、瑠璃はそれを見逃してしまった。

＊

龍玄が部屋に戻ってまたもやため息を吐いていると、怒った顔をしたもののけ二匹が卓上で仁王立ちになった。

『あのなあ、龍玄！　言い方っちゅうもんがあるやろ！』

桔梗は机の上に尻尾をバシバシ叩きつけた。目の形が三角になっているので、声が聞こえない龍玄でもさすがに桔梗が怒っているのはすぐさま理解できた。

「お前が何か言ってるのはわかるが、俺には聞こえないからな」

半眼で言い返すと、桔梗とフクは、怒っているというのをさらに誇張するように、毛を思いきり逆立てる。龍玄はもののけ達の姿を見て肩を落としつつも、視線は彼らから逸らさなかった。

「……言い方が悪すぎたのは反省しているが、訊かれたことにはきちんと答えただろう」

コツを聞かれたから『そんなものはない』と素直に答えたし、感想を求められたから『良い』と伝えた。無視したわけでも、答えていないわけでもないんだと前置きをしてから、龍玄は腕を組むと口をへの字に曲げた。

「ただなあ……お前達、さっきの絵がなんのために、誰のために描いていたのか伝わってきたか？」

龍玄に聞かれると、きいきい騒いでいた桔梗とフクがぴたりと動きを止めた。

そして困ったように顔を見合わせる。もののけ達の姿を見て、龍玄はこっくりと頷いた。

「……だろ？　あれは、誰のためのものだ？」

瑠璃の絵が美しいのは、わかりきっている。繊細かつ正確な線は、自分に対しても厳しく真面目な彼女の性格がよく表れていた。

しかし、今、あの絵においては目的がないまま描かれているのが明白だった。

絵を描くということは、伝える相手がいなければ成り立たない。その相手はもちろん自分自身でもいいのだが、瑠璃はそんな基本的なことさえも見失っているようだった。

龍玄は見るからに整った顔を歪めつつ、重々しく息を吐き出した。

「伝えたい相手を瑠璃自身が見つけるまでは、俺はそれを指摘しないつもりだ」

悩んだぶんだけ、人は前に進むことができる。

自分で気がつかなくちゃ意味がない。すぐに得られる答えだけしかないのなら、人生は単純で虚しいだけだ。

瑠璃は今、挑戦することで壁に当たっている。それは確実に彼女が前に進んでいることの裏返しだ。

「展覧会に出品すると聞いて、俺は嬉しかったんだけどな」

もののけの声が幻聴ではないかと悩んでいた姿は、今でも鮮明に思い出せる。

そんな瑠璃が自分のことを受け入れて挑戦を始めた。彼女の姿はフレッシュさに溢れており、龍玄にはとても眩しく見えた。

新しいスタートラインに立ち、そこから踏み出した美しい瞬間だと思っていたのに。

瑠璃がこんなに悩むとは想定外だった。

すっかり動きを止めた二匹のもののけ達を見て、龍玄は腕組みしなおす。

「本当はなんだってしてやりたい。だから正直、手出しをしないと決めた俺のほうがしんどいんだからな」

その声と表情があまりにも恐ろしくて、桔梗もフクも逆立てていた毛をそっと元に戻して、一歩後ろに下がったのだった。

＊

龍玄との一悶着があったその翌日。

朝食のあと、自身の絵の前で首をかしげていた瑠璃は、コンコンというノックの音でハッと顔を上げた。

「瑠璃、忙しいか？」

「いえ、大丈夫です！」

龍玄は扉を開け、昨日と同じままの下絵をちらりと見てから、瑠璃に視線を移す。

「昨日頼んだおつかいだが、財布を渡し忘れていた」

龍玄が袖口から財布を出してきたので、瑠璃は両手でそれを受け取る。ずっしりと重たい財布には、いまだ慣れることはない。確認するように、瑠璃は昨日言われた内容のメモを読み上げた。

「線描き用の即妙筆《そくみょうふで》の、一番細いもので間違いありませんよね？」

「杉葉色の岩絵の具も追加していいか？」

「もちろんです。番手《ばんて》はどうされます？」

龍玄は五、八、十と答えた。

「わかりました。行ってきますね」

そう言って慌ただしくエプロンを外したところで、龍玄に名前を呼ばれた。

さらに追加のおつかいだろうか、と思って向き直ると、ゆったりと首を横に振られてしまう。

「急ぎじゃないから、たまにはゆっくりしてきなさい」

「でも昼食の支度が」

「今日は抜きでいい。少しやることがあるからな」

瑠璃は一瞬考えたあと、その言葉に頷いた。

『龍玄は一食くらい飯抜いたってかまへん。ゆっくりしてきい』

桔梗が含み笑いをしながらそう言うと、すかさず龍玄の手が瑠璃の頭上に伸びてくる。

「お前はまた何か余計なことを言ったな、桔梗？」

『だからなんでバレたんや⁉』

そこから二人の攻防戦が繰り広げられ始めてしまった。いつもいつもぎこちない雰囲気になった途端に助け舟を出してくれるもののけ達をありがたく思いながら、瑠璃は支度を整える。

それから、一時休戦した龍玄と桔梗が玄関まで見送りに来てくれたところで、緑青に呼び止められた。

『瑠璃ちゃん、傘持っていき。雨の匂いがするで』

扉を開けて空を見上げたのだが、気持ちよく晴れ渡っている。しかし緑青は河童《かっぱ》なのだから、水には敏感なはずだ。瑠璃は彼の言うことを聞いて、大きい傘を手に取った。

「予報では言ってなかったけど、降るのね」

『だ～っと来るで。そしたらワシもお庭で遊ぶわ』

雨の中で緑青が踊るというのを龍玄に伝えると、ものすごく複雑な顔をされてしまう。

家に居ついた河童《かっぱ》が雨の中、庭で踊っているというのも、よくよく考えれば奇妙な話だ。龍玄は今にも頭を抱えたそうな表情をしていた。

「踊るのはかまわんが、物を壊すなよ」

『安心しぃ。ただ踊るだけや』

「これじゃ、本物のもののけ屋敷じゃないか」

『ええやろ。家主かてもののけみたいなもんやし』

龍玄の言葉にすかさず桔梗が茶々を入れる。さすがにそれを即座には伝えられず固まると、龍玄に急かされるような視線を向けられてしまう。瑠璃は躊躇《ためら》いつつ、そっくりそのままを口にした。

するとと龍玄は開戦とばかりに桔梗を掴むと、頬を左右に引っ張って伸ばすいつものもの仕返しを始めた。

瑠璃の耳には、桔梗が痛がりながら口早に文句を言っているのが聞こえてくる。それをずっと眺めていたい気持ちをこらえて、瑠璃は玄関の戸に手をかけた。

「では行ってきますね。先生、引っ張りすぎはかわいそうですよ」

「手加減する。気をつけて行っておいで」

『いたたたたっ！　瑠璃、気ぃつけてな！』

見えない桔梗と緑青、そして龍玄にお辞儀をすると、瑠璃は手を振って家を出た。

おつかいを頼まれた先の店に到着すると、風鈴の音が出迎えてくれる。もうすぐ、この涼しげな音色が似合う季節がやってくるだろう。

ここは瑠璃が会社を辞めてから働いていた、古き良き文房具屋『橋本《はしもと》文具店』だ。

「――こんにちは、宗野です」

店内は相変わらず趣《おもむき》がある。久しぶりに足を運んでも、働いていた時と何一つ変わらない店内に安心する。

「また、お手伝いしに来たいなぁ」

そんなことを呟きつつペンの並んでいる棚を眺めていると、奥から人がやってくる気配がした。

暖簾《のれん》をくぐって出てきたのは、このお店の主人である奥さんだ。

「まあ、瑠璃ちゃん久しぶり！　来てくれるなら、言ってくれたらよかったのに」

もらった水饅頭を食べ終えちゃったところなのよと、奥さんは人の好い笑顔で瑠璃を迎えてくれた。

「水饅頭は食べちゃったけど、羊羹ならあるわ。瑠璃ちゃんは急ぎ？」

首を横に振ると、用意するからゆっくりしていってと椅子に座るように促される。

瑠璃は来客用のそれに腰を下ろしながら、店内を眺めた。

（そういえば、一年前は、明日に不安ばかりを覚えていたわ……）

それが今では、毎日満たされた日々を過ごしている。すべての心配を取り去り、心を満たしてくれた龍玄の存在は大きい。気難しい人かと思っていたが、瑠璃に向けてくれる笑顔は優しかった。

信じられないことが次々起きたこの半年を振り返っていると、奥さんがお茶とお菓子を持って奥から出てきた。

「おまたせ。私は二回目の休憩だけど……まあいいわよね」

ふふふっと品良く笑った彼女の目じりのしわに刻まれた優しさに、このお店で働いていた毎日が思い出されて瑠璃は懐かしい気持ちになった。

「今日は先生に何を頼まれたの？」

奥さんが湯呑みを渡しながら訊ねてくる。瑠璃はお礼を言って湯呑みを受け取ってから答えた。

「筆と、岩絵の具を。多分どちらも在庫があると思うのですが」

「ならよかった。もし足りなかったらすぐ連絡ちょうだいね」

「はい！　ありがとうございます。……――わあっ」

微笑んで頭を下げた拍子に、出された羊羹が目に入り瑠璃は感嘆の声を上げた。

目の前にあったのはお菓子、というにはあまりにも可愛らしいものだった。透き通った寒天の中に赤い金魚が泳いでいて、下の淡い色の羊羹が水を表現している。

「可愛いでしょう？　金魚が泳いでいるの」

「とても食べられません……！」

「でも美味しいのよね」

見た目にも美しい和菓子は芸術品だ。

瑠璃は皿を目の高さまで持ち上げて三百六十度回しながらじっくり眺める。

「素敵……こんな表現がお菓子でできるなんて」

「最近は、こういう見た目に凝ったのも人気よね」

奥さんはそう言って、雑誌を取り出してきて目の前に広げた。

そこには様々な工夫を凝らした、色とりどりの和菓子が特集されている。昔ながらのお花の形から、あっと驚くような今風なものまで様々だ。

「職人さんたちの想像力はすごいわ。ところで瑠璃ちゃんは、龍玄先生とうまくやっている？」

「ええ、とても優しくしていただいています」

よかったわと奥さんはふんわり微笑んだ。その表情に、ずっと奥さんが自分のことを心配してくれていたことがわかり、瑠璃は胸が熱くなった。

「奥さんにはなんてお礼を言っていいか……ここに勤めていなかったら、今頃途方に暮れていたと思います」

「この店で勤めることを選んだのはあなた自身。私はなーんにもしていないわ」

「奥さんが私を雇ってくれて、良くしてもらって、先生のところで働くことも後押ししてくれて。感謝してもしきれませんし、どう恩返ししたらいいか」

大袈裟ね、と奥さんは照れたように微笑んだ。

「感謝なんていいのよ。でも、瑠璃ちゃんがそう思うのなら、私に返すんじゃなくて他の人に親切にしたらいいわ」

「別の人に、ですか？」

「そうよ。そうやって、人の優しさが広がっていけばいいと思わない？」

なんて素敵な考えなのだろう。

にこりと微笑んだ奥さんの表情になにも言えないまま、瑠璃は何度も頷く。すると奥さんはまた花のように笑って、和菓子を切るための黒文字を瑠璃に渡した。

「さ、食べて食べて。美味しいから」

せっつかれて、瑠璃は惜しみながら羊羹に切り込みを入れる。口の中に入れると、爽やかな美味しさに舌だけでなく心までも満たされていくようだった。

「……美味しい……」

「でしょう？　見た目も味もって、日本人って欲張りな生き物よね」

それから奥さんはぽんと手を叩いて、カレンダーを指さした。

「そうそう、瑠璃ちゃん。この日、店番を頼めるかしら？」

奥さんの指さした先には、赤丸とともに孫の誕生日という文字が見える。日付を確認して、瑠璃は大きく頷く。

「先生に確認しますが、大丈夫だと思います」

「無理なら臨時休業にしてもいいんだけど、急にお客さんが来た時に、開いていないと困らせちゃうから」

「お任せください。お孫さんのお誕生日なんですね」

瑠璃の言葉に奥さんは「そうなのよ」と顔を紅潮させた。

「お誕生日会にお呼ばれしちゃったの。だから神戸まで行って、一泊してこようかと思って」

奥さんは、孫からもらったという手紙を持ってきて瑠璃に見せる。たどたどしくて読みにくいが、カラフルなクレヨンでひらがなが書かれていた。

小さい子が一生懸命作ったのがわかる招待状だ。

「こんな可愛い招待状をもらったら、絶対に行かないとですね」

「でしょう?」

写真を見せてもらいながら談笑していると、チリンチリンと風鈴が鳴る。

二人で入り口を見ると、濡れてしまった腕から雨粒を払い落とした人物が、困った顔をしながらこちらを向いて——そして、眉毛を八の字にして笑いながら手を振った。

「あっ」と瑠璃は席を立つ。

「長谷さん、お久しぶりです」

「瑠璃ちゃん久しぶり。すごい偶然だね!」

いつの間にか雨が降っていたようだ。緑青のお天気予報は、どうやらラジオよりも正確らしい。

長谷の身体はぐっしょりと濡れてしまっていて、奥さんが「大変！」と急いでタオルとドライヤーを持ってきた。

長谷はありがたそうにそれらを受け取ると、手慣れた様子で服や髪の毛を乾かしていく。それから奥さんが出してくれた金魚の羊羹に、まるで子どものようにはしゃいでいた。

「もうっ、最高ですね！　この色といい形といい、芸術品！」

散々褒めまくったあと長谷は大きな一口で半分羊羹を平らげ、大袈裟にも思えるリアクションで美味しい！　と連発していた。

「長谷さんは、こちらでお買い物ですか？」

「ううん。外回りの途中で、立ち寄っただけなんだよね」

瑠璃が文房具屋でのアルバイトを辞めてしまってからも、長谷はまめに店に足を運び、奥さんとお茶をしているそうだ。

「ほら、奥さんとっても優しいから。俺、いつも息抜きに来させてもらっているんだよね。毎回美味しいお菓子も出してくれるし」

太陽みたいに笑う長谷は、一人暮らしの奥さんのことを気遣っているのだというのがよくわかる。

元々気配りのできる人物ではあるが、この面倒見の良さと明るさが彼の強みで最大の魅力だ。

「瑠璃ちゃんは、最近どう？」

長谷に訊ねられて、瑠璃は市美展に出展しようと思っていることを伝える。

すると長谷はパッと顔を輝かせた。

「すごいじゃん！　きっと素敵な作品だろうね！」

「残りひと月をきったのに、まだ描けてないんですよ。自信もないし画題も決まらなくて悩んでいます」

ポロリと本音をこぼすと、奥さんがお茶のおかわりをついでくれた。

「色々試してみているんですがさっぱりなんです。それに、龍玄先生にラフ絵を見せても、素っ気ないしアドバイスももらえなくて」

茜の絵はいい具合だと言っていたのに、と瑠璃はぎゅっと唇を引き結ぶ。

「焦らなくても、そのうちきっと、描きたいものが見つかるはずよ」

「楽しみだなあ。瑠璃ちゃんが出すんだったら、作品を観に行かないとね！」

長谷に悪戯《いたずら》っ子のような顔をされてしまい、瑠璃はたじたじになった。気の早い彼は、市美展の日程を検索してスケジュールを調整し始めている。

「長谷さん、まだ待ってくださいって」

「でも大事な人の予定は、きちんと把握しておかなくちゃ気が済まないんだよね」

画題が決まらない瑠璃のために、奥さんは美術誌を何冊も持ってきてくれる。そのまま三人で雑誌を見ながら談笑が始まった。

「そうだ。景気づけに、二人には神戸のお土産を買ってきてあげるわね」

「ええ⁉　奥さん、神戸に行かれるんですか？」

長谷は羊羹の残り半分を食べてお茶を飲み干しながら、興味津々というふうに身を乗り出してくる。孫に会いに行くのだと知ると、なるほどと手を打った。

「お孫さんのお誕生日会……ということは、瑠璃ちゃんが店番？」

「そうです。多分、龍玄先生も許可してくれるかと」

「じゃあ、俺もお手伝いしに来るよ！」

長谷の提案に瑠璃は目を瞬かせた。

「といっても仕事だから、外回りの合間に数時間だけだけど」

「長谷さんまで来てもらえるなんて心強いわ。ね、瑠璃ちゃん」

心配で見に来てくれるのだろう長谷の気遣いに、瑠璃は嬉しくなってこくりと頷いた。

するると、長谷が頬を掻きつつなにかを差し出してくる。

「で、よかったらついでに……」

鞄から出てきたのは日本画の描き方の雑誌だった。見たことのある表紙に、瑠璃が視線を上げると長谷が照れたように笑った。

「わからないところを教えてほしいな。勉強してるんだけど、追いつかなくて」

「もちろんです！」

「龍玄先生の家に行って教わろうと思ったんだけど……ほら、瑠璃ちゃん取っちゃうと先生が不機嫌になるから」

「先生も長谷さんのこと好きですから。いつでもいらしてください」

「そう言ってくれるのは瑠璃ちゃんだけだよ～。お屋敷に行ったら、先生がこーんな鬼みたいな顔して出てきて、俺なんかとっとと追い払われちゃうって」

指で作った角を頭に突き立てて、長谷は困ったように眉毛を八の字にしている。

いつももののけ達が言っている、龍玄は鬼みたいな顔をしているというのを思い出して、くすっと笑ってしまった。

ゲリラ豪雨に近い雨量に、帰るのを瑠璃も長谷も諦めてしばらく店で談笑を続けていた。小降りになるまで待ったので、帰宅したのは夕方だ。

玄関の戸を開けるなり、家主ではなく桔梗がすぐさま『おかえり！』と出迎えてくれた。

「戻りました」

瑠璃が声をかけると、奥から人のやってくる気配がして龍玄が顔を覗かせる。

その手には大きなバスタオルが抱えられており、瑠璃を見るなり肩にかけてくれた。

「あっ……ありがとうございます！」

「すまなかったな。こんな天気なのに、買い物に行かせてしまって。ここまで酷い雨とは思わなかった」

「そうだ、洗濯物！」

「降る前に中に入れておいた」

すっかり家のことをすっぽかしてしまったと反省していると、バスタオルを頭から被せられ、髪の毛をわしゃわしゃ拭かれた。

「ちょっ、先生⁉」

「買い物を頼んだのは俺だ。気にしなくていい」

「ですが……」

ぽんぽんと頭を撫でられて、瑠璃はちょっとだけ恥ずかしくて顔を赤らめた。

「冷えると良くないから、着替えるか風呂に入ってきなさい」

財布と頼まれていたものを龍玄に渡し、瑠璃は自室に戻ってすぐに着替えて髪の毛を乾かした。

支度が整う頃には雨はすっかりやんで、まるで芸術品のように美しく赤に染まった雲が窓から見えている。

奥さんや長谷が絵を観に来てくれると言ったからだろうか。

温かい人たちの心に触れ、さらに応援してもらって瑠璃はやる気が湧いてくる。

「――……なんだろう。なんか、スッキリしたかも」

外に出て人に悩みを聞いてもらっただけだというのに、雨とともに重たい気持ちが流れていったような気分だ。

悩むのは優柔不断なことのように感じていたが、案外、それほど悪いことではないのかもしれない。

「……悩むことさえ、前向きに捉えてみようかな」

そんなことを考えていた瑠璃は、ちょっと夕飯を多く作りすぎてしまったのだった。

第三章

カレンダーをめくると、皐月の文字が消えて代わりに水無月の印字が現れた。

天気予報からは、例年よりも早めに梅雨が到来した話が聞こえてきている。

いよいよ六月が始まった。

頼まれた店番の件を龍玄が快諾してくれたため、瑠璃は朝から橋本文房具店で働いていた。

梅雨のせいで、今日もグズグズしたはっきりしない天気だ。

昨日と今日の二日間、瑠璃が奥さんの文具屋を預かることになっている。

昨日のうちに大まかな掃除は済ませたので、今日は開店作業のあと、棚の細かいところをきれいにしたり、在庫の状況を確認したりしている。

午後からは長谷も来てくれるということで、瑠璃はワクワクしていた。

龍玄のお昼ご飯は弁当を用意しておいた。何かあれば電話に出ると言ってくれたので、安心して店番の仕事ができる。

電話を鳴らしたら、おそらく桔梗がものすごい勢いで龍玄に知らせに行くに違いない。そんな姿を想像すると、幸せな気持ちでいっぱいになった。

「先生も、お留守番は一人じゃないのだから大丈夫よね」

『そら、ええ大人やしなあ』

フクも瑠璃についてきてくれており、会話しながら店の入り口の掃き掃除を始めた。

『まあでも、先生はちょっと大人げないとこもあるけどな』

「立派な人よ。どの辺がそう思うの？」

『長谷さん来るって伝えた時の、あの顔はなんやねん。えらいぶっすーしとったな』

きれいすぎて、まるでムッとして見える龍玄の顔を思い出す。

「元々そういうお顔立ちなの」

長谷が手伝いに来てくれると伝えた時、彼の機嫌が悪くなったとは瑠璃には思えなかった。それをフクに伝えようとした時だ。

『――お姉ちゃん、久しぶりやなあ』

小さい女の子のような声が聞こえてきて、辺りをきょろきょろ見回す。

「あの時の子ね……元気にしていた？」

この声は、この文房具屋にいるもののけだ。以前、棚の下に落ちていたシャープペンシルのことを教えてくれ、助かった覚えがある。

『そういえば、座敷童《ざしきわらし》も最近は見なくなったのお』

フクの声に、女の子が座敷童《ざしきわらし》なのだと瑠璃は初めて知った。

黄色い着物を纏った、四歳くらいの姿かたちをしているのだとフクが教えてくれる。

座敷童《ざしきわらし》といえば、幸運の象徴とも言えるもののけだ。住みついた家や旅館には幸運が訪れるという。

「座敷童《ざしきわらし》さん。いつも奥さんを見守ってくれてありがとう」

『あはは、ええねん！　今日はご苦労様ぁ！』

活発な声で返事が聞こえてくる。きっとこの座敷童《ざしきわらし》は、奥さんと店をうんと幸せにしてくれているに違いない。

瑠璃は奥さんにこれから先もたくさんの幸せが訪れるように、心の中でそっと祈った。

お店の大掃除に加えて、隅々の細かい汚れまで落とすと気持ちまでスッキリしてくる。何人かお客さんが買い物に来たが、瑠璃の顔を覚えている人もいた。

——そうしているうちにあっという間に午前中は過ぎ去り、気がつけば長谷が手を振りながら店にやってきた。自分一人ではできなかった高いところの掃除を手伝ってもらい、そのあとは彼の持ってきていた本に目を通す。

よくわからなかったという絵の道具や技法のページには付箋が貼られていた。勉強熱心なのがひしひしと伝わってくる姿に、教えを乞われた瑠璃もおのずと力が入った。

「お道具はこのお店にいくつもあるので、実際に見てみるとわかりやすいと思いますよ」

「写真より実物がいいよね！　現物を握った感触とか大事だし」

日本画の道具が揃っている棚の前まで行き、瑠璃は丁寧に筆の種類や使い方を教える。岩絵の具を手に取ったところで、長谷がニコッと笑った。

「それなら覚えているよ。岩絵の具だよね。それから、ここに書いてあるのが番手で間違いない……はず！」

「そうです。さすが長谷さん」

「瑠璃ちゃんが教えてくれたから、俺も忘れないようにと思っていてさ」

自分の好きなことに、こうして興味を持ってくれるのも、質問してくれるのも楽しい。

そういえば学生時代はこんなふうにみんなの相談に乗っていた。悲しいことやつらいことばかりを思い出していたが、よく考えれば楽しいことのほうが多かったはずだ。

なぜそういう大事な記憶は忘れてしまうのだろう。悲しみだけが思い出の人生なんてないはずなのに。

「……お道具は、見ているだけでもワクワクしませんか？　これで色々な作品が描かれるのだと思うと、胸が熱くなります」

「瑠璃ちゃんが楽しそうに教えてくれるから、全部覚えられる気がするよ！」

長谷はたくさんメモを取りながら、色々な道具を見て感嘆の声を漏らしている。瑠璃は自分の作品画像も見せながら、一生懸命説明した。

楽しくなってしまい、気がつけばあと三十分で店を閉める時間になっていた。

「うわ、もうこんな時間!?　瑠璃ちゃんの説明が面白すぎて、すっかり長居しちゃったよ。俺もぼちぼち戻らなくちゃ」

「長谷さん、こちらこそ長々と引き留めちゃってごめんなさい」

「俺が勉強を教わりたかったんだからいいの……あ、そういえば！」

長谷は思い出したように自身の鞄を手繰り寄せる。

「またまたすっかり忘れるところだった。うちのオーナーから、龍玄先生宛に手紙を頼まれていたんだよね」

白い封筒に達筆な文字で書かれた龍玄への宛名を見ると、瑠璃は一気に気持ちが引きしまった。

「瑠璃ちゃんから渡してもらうことできるかな？」

「もちろんです」

「龍玄先生に、個別の制作依頼の話が来ているんだって。多分、そのことだと思うんだ」

そんな大事なものを預かったのなら、きちんと渡さなくては。瑠璃は手紙を受け取るとすぐに鞄にしまい込んで頷いた。

「なくさないようにして帰ります」

「悪いね、頼んじゃって」

閉店の準備をし始めたところで、裏口の扉が開く音がした。

しばらくすると、お店のほうにひょこっと奥さんが顔を出す。

「ただいま瑠璃ちゃん、長谷さんもありがとう」

おかえりなさいと言いながら迎えに行くと、奥さんは両手いっぱいにお土産の袋を抱えている。

「ついつい、買い込んじゃったのよ。ほら、神戸って美味しいお土産が多いでしょう？」

「オシャレなものがいっぱいありますよね」

「はい、これ瑠璃ちゃんと龍玄先生に。それからこっちは長谷さんとオーナーさんに」

瑠璃が驚いていると、長谷が嬉しそうな声を上げながら近づいてきた。

「こんなにたくさんもらっちゃっていいんですか！」

「もちろんよ。本当に助かったわ。ありがとう」

瑠璃は奥さんの満足そうな笑顔と、もらったお土産に心がいっぱいになった。店番をしただけなのに、こんなふうに良くしてもらえるなんて嬉しい。

「お孫さんと、楽しく過ごせたようで良かったです」

「ふふふ。子どもってすぐ成長しちゃうのよね」

それに長谷が盛大に同意した。

「びっくりしますよねー。俺の甥っ子とかも、この間までミジンコみたいだったのに、今じゃ立派に俺のことオジサンとか呼んでくるし、両脚で歩いてるんですもん」

「長谷さん、さすがにミジンコは小さすぎます」

思わず瑠璃はツッコんでしまったが、長谷の言いたいことはよくわかる。

「ああそうだ。仏壇とうちの子にお菓子をお供えしなくっちゃ」

奥さんが取り出したのは子ども用のお菓子だ。

うちの子とはいったい、と思っていると、奥さんは意味深ににっこり笑う。

「亡くなった主人がね、この家には座敷童《ざしきわらし》がいるんじゃないかってよく言っていたのよ」

「座敷童《ざしきわらし》……⁉」

瑠璃は驚いて目を見開いてしまった。長谷は興味津々といった様子で奥さんの動きに注目している。

「不思議な話なんだけど、お菓子を置くと時々箱が倒れていたり、数が減っていたりするの。座敷童《ざしきわらし》がいてこのお店を守ってくれているんじゃないかって」

亡くなった奥さんのご主人は、心優しい人だったのだろう。二人が座敷童《ざしきわらし》を想像しながら、和やかにお茶を飲んでいる姿が瑠璃には想像できる。

奥さんは、きれいな色の飴玉をいくつかお店の隅っこにあるトレイに置いた。

いつも子ども用のフーセンガムや飴が置かれている場所だ。

てっきり近所の小学生が来た時にあげるために置いてあるんだとばかり思っていたが、座敷童《ざしきわらし》向けだったとは。

「ほんのちょっと相手を思いやる気持ちを持つ……その時間って素敵だから楽しいわ

よね。だから、思い出した時には、座敷童《ざしきわらし》にもお菓子をあげるようにしているのよ」

「相手を思いやるのは……楽しい時間……」

「そうよ。人生短いんだから、たくさん楽しまなくっちゃでしょう?」

その時だ。

『わあ、可愛い飴ちゃん! 奥さんありがとお!』

嬉しそうに笑う声と同時に、トレイの飴がコトンと一粒落ちる。同時に笑い声が遠ざかっていく。

「……あらあら。噂をすれば」

「座敷童《ざしきわらし》の子が、きっと喜んでくれたんですね」

奥さんが穏やかに目を細めるのを見て、瑠璃もにっこり笑う。もののけ達の声が聞こえることを話せはしないけれど、伝わればいいと思ってそう言えば、奥さんがさらに笑みを深めた。

楽しそうな女の子の声と、幸せそうな奥さんの笑顔を胸に焼き付けるようにして、瑠璃はその日の仕事を終えた。

＊

「そういえば先生、お弁当はいかがでしたか？」

帰宅してから、あらかじめ仕込んでおいた水炊きを食卓に用意する。龍玄を呼んで、おたまで具を取り分けながら、瑠璃は首をかしげた。

出かける用事がある時、今までは作り置きの料理を用意しておいたのだが、今回は弁当にしてみたのだ。

瑠璃の問いに、器を受け取った龍玄が小さな笑みを浮かべて頷いた。

「美味しかったよ。朝から大変だっただろう？」

『タコさんウィンナーを、まじまじ見とったで。よおこんな器用なことできるなって感心してたわ』

龍玄と桔梗の両方が報告をしてくれて、瑠璃はくすくす笑った。

『瑠璃ちゃん、今度はワシの弁当もお願いしたいのぉ』

緑青の声が聞こえてきて、瑠璃は彼らの弁当をすっかり作り忘れていたことを思い出した。

「ごめんね、緑青。先生のお弁当に夢中で頭から抜けていたわ」

「こいつらは居候だぞ。これ以上甘やかさなくてもいいだろう」

「でも、ご飯を美味しいって言ってくれるのが嬉しくて」

「瑠璃はもののけに甘すぎる」

龍玄は長い人差し指で空中をつついている。桔梗によると机の上に嘴《くちばし》を乗せてだらんとしているという緑青の頬をツンツンしているようだ。

拗ねたような口ぶりに瑠璃が苦笑すると、龍玄はばつの悪そうな顔になって水炊きを口に入れて、無言で咀嚼し始めた。

「そうだ、先生。画廊のオーナーさんからのお手紙はもう読みましたか？」

食後に、この家で『もののけが嫌いな茶』と呼ばれている珈琲《コーヒー》を落としながら、瑠璃はさりげなく龍玄に訊ねた。

「ああ、驚いたが制作の依頼だった」

「お受けするんですか？」

うーんと唸り声が返ってくる。

湯呑みにたっぷり入れた珈琲《コーヒー》を渡しながら龍玄の様子を窺うと、本気で悩んでいるようだ。

龍玄が個人での制作依頼を引き受けたという話は、聞いたことがない。雑誌の取材や個展でもそう答えていたし、一緒に暮らしてからもそんな作業をしているところは見たことがない。

「竹中オーナーには世話になっているからなあ」

呟く声からは、慎重に考えているのがわかる。瑠璃は珈琲《コーヒー》を一口飲んでから首をかしげた。

「もしかして、オーナーさんからではなく、別の人からのご依頼ということでしょうか？」

「彼の知人が、俺の作品を気に入っているらしい」

「原画をお譲りするという形ではダメなんですよね？」

「一から描く方針をご所望だそうだ」

それを聞いて、瑠璃は思わず感嘆のため息を洩らした。

望まれて描くことができる画家は、日本にどれだけいるだろう。わざわざ絵の依頼が来るのは、それだけで素晴らしい制作者であることを裏付けているようなものだ。

そんな特別な画家は、日本にたくさんいるわけではないだろう。

「素敵ですね。制作依頼だなんて、私からしたら夢のような話です」

「俺には思いっきり現実だが……ひとまず、話を聞きに行くことにする」

そう言って顔を上げた龍玄の声に、瑠璃は思いきり喜色をあらわにした。

「そうですか！　ちょっと安心しました」

「断ると思ったか？」

瑠璃は一瞬答えに迷ったが、苦笑いをして頷いた。

龍玄はそんな瑠璃の反応を見て頬を掻く。

「実のところ、そうしようと思っていたんだがな。まあ、話を聞くくらいはいい」

『珍し。今までやったら、聞きもせず、断る！　の一点張りやったのにな』

『せやせや。いったいどういう風の吹き回しや？』

『明日、みぞれでも降るんとちゃうか⁉』

そんなものの け達の声があちこちから聞こえてくるとともに、みぞれが降るというところだけが誇張されて、あっという間に家中に広がっていく。大慌てで散らばっていくものの けを見ながら、龍玄が桔梗を捕らえたような素振りが見えた。

「……瑠璃、こいつらはニヤニヤしながらいったい何を騒いでいやがる？」

『こら龍玄！　髭《ひげ》引っ張るな！』

瑠璃は桔梗を引っ張るのをやめてもらおうと、急いで龍玄に向き直った。

「せ、先生。桔梗のお髭《ひげ》は引っ張りやすいかもしれませんが……」

止めようと龍玄の手を握ると、一瞬その動きが止まった。

それからぎこちなく彼の視線が瑠璃から離れて、桔梗がいるらしき手元に落ちる。

引っ張るのはやめたが、もにもにと桔梗の顔をこねているようだ。

「……こいつはたいがい、俺が悪く言われているとニヤニヤする。それに、加減しているんだからそこまで痛くないはずだ」

『阿呆かいな！　痛い言うてるやん！　敏感なんやで私の髭《ひげ》は！』

桔梗の言をそのまま伝えると、龍玄は胡散臭そうに半眼になった。

「まあいい。で、もののけ達はなんで賑やかなんだ？」

「先生が依頼の話を聞くなんて、みぞれが降るんじゃないかと」

「そんなわけがあるか。と言いたいところだが……」

そう言って龍玄が視線を空中に向ける。彼の仕草に瑠璃と桔梗は二人して「えっ!?」と声を上げてしまった。

瑠璃のびっくりした顔を見るなり、龍玄は噴き出すと同時に桔梗を離し、瑠璃の頭をぽんと撫でた。

「冗談だ。――たまにはいいと思ったんだよ」

「たまには、ですか？」

「もちろん毎回じゃない」

龍玄はまるで悪戯《いたずら》っ子のように、口の端だけを持ち上げて微笑む。

瑠璃はそんな珍しいこともあるんだなと面食らいながら、頭上に置かれた桔梗が絶句したのを感じ取っていた。

『……これはほんまにみぞれ降るかもな。冬物の布団出しとこ』

雨で冷えたとしても、さすがにこの時期にみぞれはないはずだが、本気にしているもののけ達が可愛らしい。

それから龍玄に言われ、瑠璃は数日後に、彼に依頼を持ちかけた画廊のオーナー、竹中と顔を合わせることになった。


外は快晴で、歩くのに心地よい気温だった。崩れがちなお天気だったので、晴れの日に街に行くのは楽しい。

「久しぶりですね、先生と二人きりなのも」

「いつも賑やかしどもがうるさいからな。たまには静かでいい」

と言いつつ、あちこちに視線が向くところを見ると、龍玄の瞳には色々なもののけが映っているのかもしれない。龍玄に見える世界を想像しながら瑠璃も歩を進める。

「今日は、私も一緒で良かったんですか？」

「ああ。竹中画廊のギャラリーを見せたくて。オーナーは趣味がいいから」

瑠璃の作品作りの参考になればと思って誘ってくれたのだろう。龍玄のさりげない優しさに瑠璃はいつも感謝を覚えるばかりだ。

「いつも気にかけていただきありがとうございます、龍玄先生」

「長谷も君に用事があるらしいし、ちょうどいい」

古い町並みが目立つようになってくる頃には、画廊までもうすぐだ。

「初めてお会いするので緊張します」

瑠璃は手に持っていた小さな紙袋を握りしめる。今日向かう竹中画廊のオーナーは甘いものが好物だと聞いていたので、文房具屋の奥さんおすすめの菓子折りを用意していた。

「そんなに緊張するような人じゃない。優しいから安心してくれ」

そう龍玄に言われても、やはり建物が近づくにつれて胸のドキドキが増してくる。

そんな瑠璃の気持ちを吹き飛ばすように「おーい！」という慣れ親しんだ声が耳に届いた。

「長谷さん！」

瑠璃がパッと表情を明るくすると、長谷は破顔して駆け寄ってきた。もちろん、手を大きく振りながら。

「龍玄先生、瑠璃ちゃん。今日はわざわざ来ていただいてありがとうございます！　あっお菓子まで！」

瑠璃が菓子折りを渡すと、大げさな様子で喜んでくれるその姿に瑠璃の緊張は瞬く間にほぐれていった。

「先生も、今日はきれいにまとまってて……ああいや、いつも汚いわけじゃなくてですね」

「長谷はどうしてそう、いつも一言多いんだ」

龍玄は思いきりぶすっとしたあと、これ見よがしにため息を吐いた。長谷は笑いながら二人を竹中画廊の店舗内ギャラリーに案内する。

中はモダンなデザインで、現役作家の作品や海外の風景画など、数多くの絵が壁に飾られている。ショーケースにも、地元作家の焼き物や実用的な織物の工芸品がエレガントに展示されており、一目でこのお店が好きになってしまう。

「竹中オーナーを呼んでくるので、お二人はここでちょっと待っててくださいね」

籐で編まれた椅子に案内されてからも、瑠璃は店内をきょろきょろ見回してしまった。その様子に龍玄が微笑む。

「気に入ったか？」

「はい、とても！」

あまりにも優しい龍玄の眼差しに、はしゃいでしまったのが恥ずかしくなって瑠璃は頬に手を当てた。

「すみません、子どもみたいに落ち着かなくて」

「君が楽しそうにしているのを見ているのは嫌いじゃないよ」

褒められているのか微妙なところだが、穏やかな空気を纏った龍玄の姿に瑠璃もいつの間にか笑っていた。

しばらくすると、階段を降りてくる音とともに初老の男性がやってきた。

龍玄が立ち上がると、男性は相好を崩す。

どうやら彼が件《くだん》のオーナーのようだった。

「龍玄先生、わざわざお呼び立てして申し訳ない。おや、そちらの方《かた》は……？」

竹中画廊のオーナーは口髭《ひげ》の生えたオシャレな紳士で、和やかな雰囲気が笑顔からにじみ出している。そんな彼の視線が自分に向くのを見て、慌てて瑠璃は立ち上がった。

「初めまして、宗野瑠璃です」

「ああ、君が龍玄先生のお手伝いの瑠璃さんだね。噂は長谷君から常々聞いているよ」

竹中が手を差し伸べてくれる。おっかなびっくり握手をすると、彼はぎゅっと力強く握り返すと同時に、茶目っ気に溢れた笑みを浮かべた。

「長谷君の勉強の手伝いも、こっそりしてくれているとかいないとか」

「わー‼　オーナー、それは秘密って言ったのに！」

「講師代金の水増し請求を忘れていないだろうな、瑠璃？」

大慌てで赤面する長谷を、龍玄までが横からからかい始める。たじたじな様子の長谷を見ながら瑠璃は首を振った。

「水増し請求だなんて……いつも長谷さんにはお世話になっていますから」

「まるでお手本のような完璧な解答！　ありがとう瑠璃ちゃん！」

長谷にぎゅっと手を握られてしまい、今度は瑠璃のほうが焦ったところで竹中の気持ちの良い笑い声が聞こえてきた。

「では、私は少々龍玄先生と話をさせてもらうとしますかね」

その瞬間、待っていましたと言わんばかりに長谷がニコッと笑った。

「よーし、じゃあ瑠璃ちゃんは、俺とお出かけに行こう！」

「え⁉　私、ここで待って……」

「いいからいいから～。ほら、勉強を見てもらったお礼も兼ねて。そういうことで、龍玄先生、瑠璃ちゃんお借りしますから！」

目を白黒している瑠璃の手を引っ張って、長谷が入り口から出て行こうとする。

龍玄を振り仰ぐと、一瞬ムスッとした表情になったようだが、長谷を止める様子はなかった。

「丁重に扱えよ。――瑠璃、嫌だったら蹴り飛ばしてから帰ってこい」

「わかっていますって。蹴り飛ばすは余計ですからね、先生！」

気心の知れたやり取りに、竹中オーナーが笑いを噛み殺しているのが見える。

まさか連れ出されてしまうとは思っていなかったのだが、おろおろしているうちにギャラリーの外に出てしまった。

すっかりお昼になって、眩しいほどの日光が目に入る。

「いやあ、晴れてくれてよかったよ」

「ちなみに長谷さん、行く場所が決まっているのでしょうか？」

「瑠璃ちゃんと一緒に行きたいお店があってね。ここから歩いて十分くらい」

その言葉に瑠璃は慌ててお財布の中身を思い浮かべた。手持ちが少ないような気がしてならない。

どこかでお金を下ろそうか、と思っていると瑠璃の内心に感づいたらしい長谷がニコッと笑みを浮かべた。

「勉強のお礼したいなって思ってたし、今日も補講みたいなもんだから、もちろんお茶は奢《おご》らせてね」

そう言って長谷は、先日文房具屋で見た日本画の雑誌を鞄から取り出してみせた。

そのスマートさに瑠璃はぺこぺこと頭を下げる。

すると長谷は瑠璃を覗き込んできて、ニヤリと笑ったのだった。

それからほどなくして、カフェに到着するなり瑠璃は感嘆の声を上げた。

「すごくオシャレですね……！」

「でしょう？」

古民家を改装した店内は、漆喰《しっくい》の温もりが心地よい。シンプルかつ和風モダンで統一された店内からは、珈琲《コーヒー》の焙煎される香りが漂ってくる。

中庭の景色が見える席に座ると、自然とホッと落ち着いた。

瑠璃の様子を見て、長谷が眉を八の字にする。

「……今頃、オーナーと先生は話し込んでいるかな。竹中さんも絵画の知識が豊富だから、先生とは話が合うんだよね」

「とても素敵な方《かた》でした。先生が優しい人だとおっしゃっていたのですが、実際にお会いして納得です」

「でしょう。あれくらい器が大きい人じゃないと、俺なんか雇ってくれないと思うよ。龍玄先生もしかりだけど」

頼んだ珈琲《コーヒー》には、小さな和菓子がついていた。

その日、和菓子屋の店主が気持ちを込めて作ったものを、毎日入荷して提供しているのだという。

あんこの甘みに舌鼓を打ちつつ、瑠璃はさっそく長谷の質問に答えていく。

たしかに知識という点では勉強してきた瑠璃に及ばないが、的確な質問を繰り出す長谷に瑠璃は内心で舌を巻いた。

二人の前のカップから珈琲《コーヒー》が減っていき、会話が一段落した頃だった。

「瑠璃ちゃん、出品作の進捗はどう？」

筆が進んでいない現状を思い出すと、苦笑いしか返せない。大丈夫です、と言おうとすると長谷にじっと見つめられて、瑠璃はわずかに首を振った。

「……困ってしまってて」

弱音など吐かないと思っていたのに、口からはするりとそんな言葉が飛び出した。

先ほどギャラリーに飾られていた見事な風景画や長谷と見ていた雑誌の中身と、中途半端な自分の下絵が脳裏をよぎる。

さらに、生き生き描かれた茜の絵や龍玄の作品を思い出すと、まだ胸を張って自分の絵を提出できる気がしないのだ。

瑠璃が渋面になると、長谷は頬を掻いてからゆっくり口を開いた。

「ねぇ瑠璃ちゃん。悩んでいる時は、発想の転換が必要だと思うんだ」

「……発想の転換、ですか？」

そう、とニコニコ笑いながら長谷はビシッと人差し指を天井に向けて伸ばした。

「例えば……絵を観に来てくれる人の気持ちになってみるとか」

「絵を観に来てくれる人の気持ち……」

「ほら奥さんも言ってたでしょ？　相手のことをちょっと考える素敵な時間を楽しんだらいいって。観る人が瑠璃ちゃんの絵の前で、どんな気持ちになるかを考えて描いてみるのもいいんじゃないかなって」

噛み砕いて言ってもらって、やっと瑠璃の中で色々なことが繋がってくる。

自分はずっと誰かと比較し、龍玄からの評価ばかり考えていて、観に来てくれる人たちの気持ちまで考えていなかった。

恥ずかしさに俯くと、長谷は真面目くさった様子で瑠璃を覗き込んできた。

「あとね……龍玄先生は天才だから画題に悩まないんじゃないよ。先生にはいっぱいファンがいる。その人たちが自分の作品になにを求めているか、先生はすでにわかってるんだ」

瑠璃は長谷の言葉に衝撃を受けた。

――比べても仕方がないとは、そういうことなのだ。

瑠璃の作品を観に来てくれる人と、龍玄の作品を楽しみにしている人は、根本的に目的が違う。

（――そっか、やっと龍玄先生の言葉の意味が理解できたかも）

そもそも根本が違っているものを、比較するのは困難を極める。それに、描くのを悩まないということは、考えていないということではない。

自分の物差しでのみ龍玄を見ていたと気付いて、瑠璃はさらに身を縮めた。

「私、すごく勘違いをしていました。先生にも比べるものじゃないって言われていたのに……」

「ああいう人と比較すると、自分がちっぽけに思えるけどね。そんなこと全然ないから！　先生には先生の役割があって、瑠璃ちゃんとは別。俺は瑠璃ちゃんの絵が好きだよ」

長谷は硬直してしまった瑠璃を励ますように、やわらかく微笑んだ。

その温かい声と、『役割』という言葉にわずかに瑠璃が顔を上げる。

（もののけの通訳が、私にしかできないのと同じだわ……）

瑠璃にはもののけの声が聞こえるが、姿は見えない。龍玄はもののけが見えるが、声は聞こえない。

それと同じように、きっと瑠璃にしか描けないものがあるはずだ。

龍玄の絵の手伝いではなく、自分だけの作品を描くことがあまりにも久しぶりで忘れていたが、とても大事なことだ。

「……長谷さん、ありがとうございます！」

観に行くからねと念を押されて、瑠璃は大きく頷く。

「今の私が思うことを、伝えたいことを画面に表現できたらいいと思います‼」

「画面はこの世界で一番自由だよ。俺は、絵ってなんでもありだし最強だと思う」

そう言いながら長谷は再び本を取り出してきて、瑠璃を拝んだ。

「瑠璃ちゃんごめん。あとさ、どーしてもここだけ教えて。追加でケーキでもなんでも注文していいから」

お願い、と上目遣いに頼まれて、瑠璃はじゃあ遠慮なくとケーキを頼んだ。

長谷と半分こしながら食べた抹茶のケーキはほろ苦く、忘れられない味となった。

＊

すっきりとした気持ちで画廊に戻ると、ちょうど二階から龍玄とオーナーの二人が下りてきた。

「ナイスタイミング～俺！」

長谷はニコニコ笑いながら、ご機嫌な様子で瑠璃をエスコートした。

「龍玄先生、瑠璃ちゃんを無事に丁重に送り届けましたので」

瑠璃の様子を確認するなり、龍玄はホッとしたように口元に笑みを乗せた。

「こちらもいい時間になったよ。長谷君も瑠璃さんも、ありがとう」

竹中のほくほくした笑顔の隣で、龍玄も心なしか肚《はら》を括《くく》ったような顔をしていた。

オーナーと長谷に見送られて、龍玄と画廊をあとにする。しかし、数メートルほど歩き始めた時、後ろから瑠璃の名前を呼ぶ声が追いかけてきた。

振り返ると、眉毛を八の字にしている長谷が走ってきている。

「瑠璃ちゃん！　これ、忘れるところだった！」

はい、と渡されたものを受け取って見ると、長谷と先ほど訪れたカフェの招待券だった。

「もらっていいんですか？」

「もちろん！　今度は、龍玄先生と一緒にデートしてきてね」

「デっ……!?」

「今日はありがとう、またね瑠璃ちゃん！」

固まってしまった瑠璃の肩をポンポン叩くと、長谷はニカッと笑って戻っていってしまう。

なかなか動き出さない瑠璃にしびれを切らしたのか、先を歩いていた龍玄が戻ってきた。

「どうした、瑠璃？」

「その……」

龍玄はさりげなく車道側に立ち、瑠璃を見つめる。その動きにすらどきりとして、瑠璃は息を呑んだ。

覗き込まれて龍玄を見上げたものの、自分の頬が必要以上に熱くなっていることに気がついて慌ててそっぽを向く。

「長谷に、くだらないことでも言われたのか？」

「そうじゃないんですけど」

心臓が無駄に早鐘を打ち始める。龍玄は珍しい様子の瑠璃に眉根を寄せて、道路の端に誘導した。

「大丈夫か？」

「大丈夫です！」

怪訝そうにされたが、瑠璃は早く帰りましょうと龍玄の裾を引っ張った。

「ところで、先生は良いお話ができたみたいですね」

「良い話というか、なんというか」

瑠璃が話題を逸らすと、龍玄が無精髭《ひげ》の生えていない顎を撫でつけた。どこか困った様子の姿に瑠璃の気もそちらに逸れる。

「内容を聞いてもいいですか？」

「オーナーの知人が喫茶店を開いたそうだ。それで、そちらの店に飾る作品をどうしても描いてほしいと」

その言葉に瑠璃は思わず目を瞠った。龍玄が描くのはもののけ画だと決まっている。喫茶店の壁に掛けられた龍玄の描く『もののけ達』を想像して、瑠璃はパッと微笑んだ。

「素敵な依頼ですね！　お店に来た方々が、もののけ達をより一層身近に感じられそうです」

「ああ、俺の作品を好いてくれていることも、もののけの存在を褒めてくれるのも嬉しい。だが、喫茶店というのが引っかかる……」

「先生の作風と合わないお店なんでしょうか？」

そういうわけでもないんだがなと、龍玄はどうも歯切れの悪い返事だ。

「一応前向きに検討するとは伝えてある」

どうやら龍玄は何か考えがあるようだ。それ以上突っ込むのは不躾だろうか、と瑠璃が考えていると、龍玄の視線がちらりと瑠璃に向いた。

「そういう瑠璃は、長谷とデートを楽しめたか？」

「――……デ、デートじゃありません！」

路地に響くくらいの大きな声に、龍玄が目を見開いた。忘れていたというのに、デートの話題をぶり返されて瑠璃は顔から発火しそうになった。驚いたように龍玄が目をぱちくりさせる。

「……すまない。そんな大声で否定するとは思わなかった。今から長谷に蹴りを入れに戻るか？」

「私こそごめんなさい……。は、長谷さんは気分転換に連れ出して、話を聞いてくれたんです。蹴り飛ばすなんてそんなことできません」

「そうか。しかしデートは禁句だな」

龍玄が隣を歩く瑠璃に聞こえるほどの音量で呟く。

わざとらしい言葉に瑠璃が恨みがましい目つきで龍玄を見ると、悪戯《いたずら》っ子のような悪い笑顔が返ってきた。

「……先生、からかっていますね？」

「そりゃ、君がそんな真っ赤になる姿が珍しくて」

からかわずにはいられないだろうと龍玄はくすくす笑いながら、瑠璃の頬をつんと指先でつついた。

「今日の先生のお夕飯はなしです！」

「おっと、それは困る。話し込んでいたら気疲れして腹が減っているんだ」

「ダメです、決めました」

ぷりぷり怒っていると、龍玄はこらえきれないというように噴き出して笑い始める。

その姿を盗み見てから、瑠璃はそんなに無邪気に笑うなんてずるいなと口を尖らせた。

「君の食事がないと俺は飢え死ぬな」

「……今夜はナポリタンです」

「俺も食べていいのか？」

「飢え死にはさすがに……先生の絵を待っている人が悲しみます」

それは助かると笑う目元ににじみ出る優しさに、瑠璃の心臓がぎゅっとする。なんとも言えない気持ちになってしまい、話題を変えることにした。

「人には役割があると、長谷さんが教えてくれました」

「あいつ、若造のくせにそういう悟ったことを平気で言うんだよな」

龍玄も若造と言える部類なのだが、そこはあえて黙っておく。

「それで、私には私の役割があるから、わざわざ他人と比較する必要はないって」

そうだな、と龍玄は頷く。その時ふわりと温かい風が吹いて、龍玄が目を細めた。

「……役割に小さいも大きいもない。やるべきことをやるだけだ」

「はい」

図らずとも長谷と同じことを言われてしまい、瑠璃はふふと笑った。

それから龍玄に気づかれないように少しだけ下がると、長谷にもらったチケットをポケットから取り出して見てみる。

「……今度は、先生と出かけたいな」

もらったチケットと龍玄の背中を交互に見てから、瑠璃はうんと大きく頷いた。

早く帰って、みんなの夕食を作らなくてはならない。お腹を空かせた家主と、たくさんのもののけ達が待っている。

第四章

画廊から帰った翌日、梅雨入りが正式に発表された。小雨がずっと降り続ける中、瑠璃は屋敷を出て中心街のカフェに茜といた。

相談があるという茜からのメッセージが、竹中画廊からの帰りに瑠璃に届いていたのだ。

カフェは浮見堂からも程近い。瑠璃は茜のおすすめだというフルーツのスムージーを頼んだ。

「このお店、最近すごく気に入ってるんだ。写生した帰りにちょこっと立ち寄るの」

目の前の茜に倣《なら》いスムージーを吸い込むと、甘酸っぱさが口の中に広がる。瑠璃はきゅっと肩をすぼめながら味わった。

「美味しいです。これだったら手軽にフルーツやお野菜をとれますね」

「でしょう？」

ビタミンはお肌に大事なのよ、と茜は上機嫌だ。

「それでね。さっそくなんだけど……私の担当の入所者さんのことで知恵を貸してもらいたくて」

瑠璃は姿勢を正した。茜が以前話してくれた、一緒に写生をしに出かけていたという人物を思い出す。茜のことを少し遠ざけるようになってしまったとこぼしていたはずだ。

「この前は完全に愚痴になっちゃったけど、彼女——ミチコさんが絵を描きたくなくなった理由が、なんとなくわかってきたんだ」

「そうなんですか？」

茜は頷くとそれ以上はなにも言わずに、スムージーをもうひと口啜った。

「——うーんと、細かくは言えないんだけど、介護リハビリ施設にいる方《かた》でも、簡単に描けるような道具とか素材がないか、瑠璃ちゃんに聞いてみたくて。ミチコさんにまた、楽しく描いてもらうきっかけになったら嬉しいんだよね」

「そういうことだったんですね」

「美大を出たって聞いたから、いろんな技法とか道具とか、詳しいんじゃないかと思ったの」

瑠璃は力強く首肯する。すでに頭の中で、色々な道具たちがひらめいては消えてを繰り返していた。

「学生時代、絵の道具のことで友人たちの悩みを聞いていたことがあります」

「ほんと⁉　ぜひその経験と知識を生かして、私の相談にも乗ってもらえたら嬉しい！」

「もちろんです。力になれると思います」

頼ってもらえたことが嬉しく、瑠璃は顔を上気させた。

「今はピッタリなものが思いつかないのですが、色々調べてみます。それに、知り合いの文房具屋さんもいますので」

茜はまるで神様を拝むように瑠璃に両手を合わせた。

「ほんっと助かる！　もう、自分じゃどうにもできなくて不甲斐なくってさ」

気が抜けたのか、茜は背もたれに寄りかかった。

「私の絵を見たら、また一緒に描きたいって思ってくれるかなって考えていたんだけど……うまくいかないのよね」

「茜さんの絵は素敵なのに」

はにかんだあと、茜は少しだけ視線を遠くに向けた。

「私のスケッチを見るのが嫌なんじゃなくて、作品を見ること自体が苦痛なのかなって思えてきたんだ」

「絵が嫌いになってしまったということですか？」

訊ねると、茜は「ちょっと違うんだよね」と首をかしげた。また口を淀ませる姿に、瑠璃はその入所者――ミチコさんの状況に思い当たった。

もしかすると、彼女が絵を描きたくても描けないような状況にあるのではないだろうか。

瑠璃にも思い当たる節があった。美大に通っている時、右手を怪我してしまった同級生が授業をすべてサボっていたのだ。自分は描けないのに、それができている周囲の人間を見ていられない、と言っていた彼の言葉を思い出す。

そう考えると、茜の口が重い理由もなんとなく察せられた。

「私にとっては絵を見せるのは善意だったけれど、ミチコさんにとっては苦痛を押し付けられていたのかなって考えたら……」

茜はそこで言葉を詰まらせた。

もちろん彼女は悪気があってやったわけではない。

しかし、大事な人を困らせていたかもしれないと気がついた茜は、じくじたる思いを抱えているようだ。

「ずっと、私自身のエゴを絵に描いて彼女に押し付けていたのよね、きっと。ミチコさんも私と同じように考えているに違いないって、勝手に思い込んでいたの」

思いやりが足りなかったな、と一段と落胆した様子で茜は息を吐いた。

相手を思う気持ちを持つことと、それを押し付けるのはまた別の話なのだ。

瑠璃は、文房具屋の奥さんに言われたことを思い出す。

「……最近、『相手を思う素敵な時間を楽しむこと』……それが大事なんだって、私は教えてもらったばかりです」

落としていた視線を上げて、茜は瑠璃を見つめた。

「それを念頭に置いて、何かいい案がないか考えてみます」

「……あはは。素敵な時間……そうよね、そうだった」

茜は一人大きく頷くと、両手を上げてぐんと背中を伸ばした。

「聞いてくれてありがとう、瑠璃ちゃん。すごくいいヒントをもらえたみたい」

そう言って、茜がカフェの外の景色に目を向けた。雨はいつの間にか上がっていて、初夏の景色がきらきらと輝いている。

「ねぇ、瑠璃ちゃん。私ね、ミチコさんのこと大好き。それで……」

茜の視線がふと遠くへ向かう。色々思い巡らせているのか、言葉がまだ出てこない。

瑠璃が口を挟まずに待っていると、茜は照れたような泣きそうな表情になった。

「それで、そのせいで、自分をよく見せたくなっちゃうんだよね。好きな人の前でくらいは、カッコイイ自分でいたいし嫌われたくないと思うから……空回りしちゃったのかも」

「好きな人の前で、格好よく……」

瞬間、瑠璃の心に何かがすとんと落ちてきた。

これまで、これほど龍玄からの評価を気にしていた理由。

(私……憧れているだけじゃない。龍玄先生のことがすごく好きなんだ……)

好きだからこそ嫌われたくない。もっともっと、彼に認められるような自分でいたい。

そんな思いが強く出すぎて、自分自身の評価が下がり自信をなくしていた。

瑠璃は誰かではなく、好きな人に必要とされたかったのだ。

自分の気持ちに気付いた途端、不安は一気に消えていく。

描きたいものが、それを見てくれる人の笑顔が、瑠璃の脳裏に浮かび上がってきた。

「……茜さん。やっぱり私、風景画じゃなくて自分の大事に思うものを描きます」

瑠璃の決意にも似たそれを聞いた茜は、にっこりと笑ってくれた。

「私も描き直そうって思ってたところよ。もうすぐ作品の搬入日だけど、たくさん楽しもう」

「はい！」

おしゃべりを楽しんだあと、瑠璃は帰り道に思い立って老舗の和菓子屋に寄った。店内のショーケースは、色とりどりの可愛い和菓子が並べられている。特に気に入った猫の形をした饅頭を購入し、瑠璃は龍玄へのお土産にした。

「……先生、喜んでくれるかしら？」

猫饅頭を頬張る龍玄の姿を想像して、瑠璃はニコニコした。

＊

雨がやんだのであれば洗濯をしなければ。瑠璃は、帰宅すると洗いものに取りかかった。すると出歩いていたらしい緑青と伍に声をかけられる。

なんとなく調子がよさそうな声音に目を見開くと、『雨の季節やから』と非常に明瞭な言葉が返ってきた。

「人間は雨だと節々が痛むとか言うけど、緑青は逆なのね」

『せやせや。人はあんまり湿気の中におると、身体どころか気分も塞ぐんと違うか？』

「そうねぇ……今日は特にお日様が恋しいけれど」

瑠璃は洗濯物をピンと伸ばしつつ、縁側に座っているだろう姿の見えない河童《かっぱ》に向き直った。

「雨で緑青の体調が良くなるなら、湿っぽいのも嫌じゃないわ」

『ほんまに瑠璃ちゃんは素直でええ子やのお。あの天邪鬼《あまのじゃく》先生とは違うて』

「先生って、龍玄先生のこと？」

瑠璃の言葉に答えるように、今度は頭の上から桔梗の声がした。

『そうそう、龍玄が固まっとるから、瑠璃ちょっと様子見てきてやって』

表情こそ見えないが、桔梗がニヤニヤしているのがわかる。

「固まっている……？」

『岩になっとるで。白湯でも持って行ってやり』

さすがに白湯は味気なさすぎる。瑠璃は急いで洗濯物を干し終わらせると、買ったまま渡し損ねていた猫饅頭と番茶を持って部屋に向かった。

「先生……入ってもいいですか？」

「………あぁ」

瑠璃が入り口で訊ねると、ずいぶんしてから返事があった。

本当に入室して大丈夫かなと恐る恐る引き戸を開けて、瑠璃は息を呑む。

『……な？　ほんまに岩になっとるやろ？』

桔梗の言った通り、龍玄はものの見事に固まって動かなくなっていた。

それに何枚もの紙が床に散らばっている。大きなばってんが描かれていたり、黒く塗りつぶされていたりと、バリエーション豊かに破棄されていた。その奥に龍玄のもののけ達を描いたスケッチを見つけて、瑠璃は再び息を呑んだ。

「も、もったいない……！」

きれいに描けているのに、バツをつけてしまうなんて。可能なら拾い集めて部屋に持って帰りたいくらいの気持ちだったが、どうにかこらえた。

思い切って龍玄に近づき、まじまじと顔を覗き込む。だがしかし、彫像になってしまったかのように一向に動かない。

しばらくその場でじっとしつつ、龍玄がふうと息を吐きながら髪を掻き上げたのを見計らって、そっと声をかけた。

「――先生、お茶にしませんか？」

湯呑みと和菓子を卓上に置き、つんつんと腕をつつくと、やっと龍玄は瑠璃に気がついたようだ。

「ん、瑠璃……いたのか」

「ちょっと前からいました。入室の許可は取りましたよ。それより、肩凝りませんか？」

「もう全身固まっているな」

龍玄はやっと動く気になったのか、筆を置くとうーんと両腕を伸ばした。ボキボキ背骨が鳴る音が瑠璃の耳にまで届く。最後にこきりと首を鳴らして、龍玄の瞳が瑠璃を映した。

「心配をかけてすまない」

『ほんまや。少しくらい、雨に頭から打たれてきたほうがええんちゃう？』

桔梗の嫌味はもちろん聞こえていないはずだが、龍玄はすかさず藤色のもののけを瑠璃の頭からむんずと掴み取るような仕草をとった。

「雨に打たれて頭をスッキリさせてこいとでも言ってるんだろう、この小鬼め。性悪が顔ににじみ出ているぞ」

『性悪とはなんやねん！　こんなええ家鳴《やな》りおらんで！』

絶妙な二人の掛け合いとつっき合いに、瑠璃はホッとした。

しばらく二人の小競り合いを見守っていると、桔梗に勝ったらしい龍玄がやっと視線を和菓子に向ける。

「……猫か？」

「はい。可愛くてつい買ってしまいました。先生へのお土産です」

「…………俺に？」

龍玄は明らかにため息をついて肩を落とした。ぽりぽり頭を掻くと、どっかり背もたれに身体を預けて、恨めしげに瑠璃を見る。

「え⁉ 猫ちゃんはお嫌いでしたか？」

「そういうことじゃない」

龍玄はため息をもう一度つくと、瑠璃の頭にぽんと手を乗せて撫でた。

「余計なお世話でしたか？」

「違う。俺のことなんか、放っておいてくれていいのに、ということだ」

「……放っておいたら、干からびちゃいそうです。キッチンも散らかるでしょうし……」

『あはは、ほんまやなあ瑠璃！』

桔梗の大笑いが頭上から聞こえてくる。龍玄は物言いたげにじっとりと家鳴《やな》りを睨みつけてから、ばつが悪そうに猫の形の饅頭に手を伸ばした。

「お、美味《うま》いな」

「お口に合ったようならよかったです」

龍玄はホッとしたようにお茶を啜った。

「あの、先生……」

声をかけると、龍玄は目を瞬かせて瑠璃を見つめてくる。

「私、自分が大事に思うものを描いてみようって、画題を考え直しました。まだ構想は練っている途中ですが……」

「猫饅頭を食べると、さらにいい案がひらめくかもしれないぞ」

龍玄の一言に、瑠璃はパッと表情を明るくした。

「……そうですね！　先生、キッチンで一緒にお茶しませんか？」

「たった今、ここでしたばかりだが。むしろしている最中だぞ」

「私の休憩におつきあいください」

瑠璃がせがむと、龍玄は仕方ないなと苦笑いをして立ち上がった。

二人でキッチンに向かい、今度はもののけの嫌いな茶を淹《い》れて、猫の形をした和菓子を食べた。

「……先生があんなに悩むなんて思ってもみなかったわ」

夕食の準備をしながら、瑠璃は頭上にいるであろう桔梗に話しかける。すると、桔梗の頷きと同時に緑青の声が聞こえてきた。

『ワシが見たかぎり、先生もけっこう迷っとるみたいやで』

瑠璃は夕飯の鮎を焼きながら目を丸くした。桔梗も緑青の言に相槌を打つ。

『そら、人間やもの。それくらいあるっちゅうもんや』

「先生の場合は、なんだか不思議に思えて」

瑠璃から見た龍玄はずいぶん大人だし、正論を正面から言ってくれる人物だ。だから、描きたいもので悩んでいる姿はなかなか珍しい。

『まあ龍玄の場合は、幽世《かくりよ》にちょっと足入れてるような感じやもんな。そら、窮地に陥るようには見えへんよな』

桔梗に言われて瑠璃は思いきり首を縦に動かした。

『でも、緑青の言う通りや。そのうち、考えすぎて頭の毛ぇ全部抜けるんやないか？』

「そ、それは悩みすぎ……！」

さっぱりしていいやろ、と桔梗はどこ吹く風だが、瑠璃としてはそこまで龍玄に苦しんでほしくない。

『まあ冗談やけど。でも、才能がある分、人より余計に葛藤があるんとちゃうか？』

『打ち明けないだけで、先生の心も頭の中も、苦渋だらけやろなぁ』

桔梗と緑青が口々に言い始め、瑠璃は味噌汁を作っていた手を止めた。

「そうよね、人より才能があるってことは、やっかまれたり嫌なことを言われたりもするわけで」

きっと、想像以上のプレッシャーの中で龍玄は絵を描いているのだろう。

「私もこうしちゃいられないって感じね」

瑠璃は寝る前にもう少し画面と向き合ってみようと決めた。

そんな会話に気づかず、食事の匂いにつられてやってきた龍玄は、焼かれた鮎の尾っぽを上機嫌でつついた。

「初物だったので、帰りについ買っちゃいました」

「もうそんな時期か」

「そんな時期です。お庭の雑草も見事に伸びています」

龍玄はくすくす笑いながら、お茶の準備を手伝ってくれる。

「雑草抜きは業者に頼むかい？」

「夏になる前に片付けます。庭木のお手入れだけは、業者さんに頼まないとですが」

頼りにしているよ、と龍玄は疲れた様子で目元に指を押し当てる。瑠璃が温かいおしぼりを渡すと、すぐ顔に当てていた。

「先生、ご飯は少なめにしますか？」

「頼む。食後も少し描きたくて。眠くなると困るから」

「……まさか、机に突っ伏して寝ていないですよね？」

瑠璃がおしぼりをひょいと取り上げて覗き込むと、龍玄は目をぱちぱちさせながら気まずそうに視線を逸らした。

「疲れが取れませんよ。無理そうだったら呼んでください。お布団を敷きに行きますから」

「いや、さすがにそれくらいは自分でやらないと」

「今夜からちゃんとお布団敷いているか、チェックしに行きます」

心配でついそんなことを言ってしまってから、瑠璃は顔を赤らめた。

まるでこれじゃ口やかましい母親じゃないかと思っていると、桔梗がケタケタ笑うのが聞こえてくる。

『布団くらい自分で敷き！　そんなお大尽な人柄やないやろ！』

桔梗のツッコミに瑠璃は「お大尽」と呟いて笑ってしまった。

「昔は机で寝ていても平気だったんだがな。もうあちこち身体が痛くなる」

「身体は資本ですよ。大事にしないと」

「……それよりも、君の絵はどうなりそうだ？　描きたいものが決まったと言っていたが」

「ぼちぼち、です」

いただきますと手を合わせてから、龍玄は瑠璃に訊ねる。小姑モードに入りかけていた瑠璃は、小言を言うのをストップして質問に答えた。

「そうか。まあ、それくらいがちょうどいい」

そういう龍玄は、ぼちぼちではないように見える。

何か言いたそうな瑠璃の視線に気がついた龍玄は、肩をすくめた。

「……俺のことは気にしなくていい」

「気になります。差し支えなければ、何をそんなに考え込んでいるのか聞いてもいいですか？」

画題や構図に悩んでいるわけではない、というのは見当がつく。

どんな答えが返ってくるかと思っていると、紡がれたのはシンプルな回答だった。

「まあ……どういう作品がいいのか悩んでいる」

「竹中さんの知人に依頼された絵ですよね？」

「そうだ」

「描きたいものが見つからないということですか？」

「近いが、少し違う」

どういうことだと瑠璃が首をかしげると、龍玄は食事を見つめながら言葉を探していた。

「……店に飾って、喜ばれる絵が描きたいんだ」

瑠璃は意図が読めず、箸を一瞬止めた。

「先生が描いた作品なら、喜ばれると思います」

「店主は俺のファンなのだからそうだろう。だが、来店客が観て喜び、そんな客の姿を見た店主が幸せな気持ちになるようなものが描きたい。それが、自分の中でまとまらない」

瑠璃は刮目して龍玄に見入った。

龍玄は瑠璃の視線に気付かないまま、鮎の身を箸でほぐしている。

「店主なら客が楽しむ姿を見たいはずだ。その橋渡しになるような絵を描きたいのに、自分の技術がそれに追いついていない」

龍玄と一緒に絵を描いたのが、飛びぬけて楽しかった理由に、瑠璃は今やっと気づいた。

つまり、絵を通じた鑑賞者とのコミュニケーションが龍玄の作品の基本にあるのだ。

（そっか。だから先生の絵は優しいんだ……）

もののけ達のことを一番に考えているからというのはもちろん、誰かが絵と対峙した時のことを想像して、その人達も満足いくものを提供しようと、常に全力を尽くしている。

「……観てくれる人のことを一番に考えられるから、先生の絵は人の心を動かすんですね」

「自分自身も含めて、鑑賞者がいなければ絵はただの紙だからな」

ずん、と瑠璃の胸に言葉が刺さっていく。

「まあ、もう少し俺も考えてみるさ」

やんわり微笑みながら、龍玄は黙々と鮎を食べ続けた。

（――先生は、私の想像を超えているわ）

瑠璃は何枚も床に散らばっていた龍玄の描いた作品を思い出す。

さらに、瑠璃が部屋に入ったことに気がつかないほど集中しながら、相手のことをただひたすらに考えていた姿。

彼の絵や鑑賞者に対する姿勢に、熱い気持ちが込み上げてくる。素晴らしい人の仕事風景を覗けたのは、この上ない幸運だ。

(今日見たことは、忘れちゃいけない気がする)

入り口から見たあの時の様子を、できるだけはっきり思い出しながら胸の中に焼き付ける。

『瑠璃、どうしたんや?』

「ちょっと、思うことがあって……」

桔梗の心配そうな声に返事をしながらも、絵にしたいものが定まってくる感覚が押し寄せてくる。

「うん、いいかも!」

瑠璃の表情がパッと明るくなった。桔梗が『いいことあったんか?』と嬉しそうに訊ねてくる。

「先生の描いてはダメを繰り返してる姿がすごく印象的だったから、ずっと覚えていたいなと思って」

桔梗に対する言葉を聞いていた龍玄が、突然ゴホゴホと咳き込んだ。

「そんなの覚えていなくていい。忘れてくれ」

珍しく龍玄が顔を赤くしている。恥ずかしそうに口元を袖で覆いながら、瑠璃を恨みがましい目つきで見てきた。

『ははーん。そんな顔されたら、なおさら覚えておかなあかんなぁ』

「桔梗、余計なこと言うなよ」

龍玄に掴まれないように逃げたのか、桔梗の含み笑いが遠ざかっていった。

本気で恥ずかしがっている様子の龍玄が珍しくて凝視していると、「見なくていい」と思いきり釘を刺された。

「……ほんと、忘れてくれ」

「努力します」

「それは絶対に忘れない反応だな……くそ、うっかりしていた」

あまりにも嫌そうな顔をしているので、瑠璃は噴き出してしまった。努力するとは言ったものの、こんな愛おしい毎日を忘れるなんてできっこない。

この日々を描こうと、瑠璃の気持ちが固まった。

それからしばらくして、瑠璃も部屋に籠《こも》ってラフ画を進めた。あの苦しみはなんだったのかというくらい、アイデアがこんこんと湧き出してくる。

『ぼちぼちにしとき』という桔梗の声が聞こえた頃には、時計は夜十時を回っていた。

まだ龍玄が作業をしているか聞いてみると、もれなく岩になっているという。

机に突っ伏して寝られても困るので、瑠璃はこっそり龍玄の様子を見に行くことにした。

するると頭上から、なんとも言えない桔梗の声が聞こえてくる。

『瑠璃は龍玄のこと甘やかしすぎや』

「そんなことないわ。先生はお疲れなんだから、ちゃんと布団で寝てもらうために助手としてチェックしに来たの」

『心配症やなぁ』

手ぶらで行くのも微妙かと、濃いめに淹《い》れた珈琲《コーヒー》を持って入り口前に立ったところで、中からちょうど龍玄が現れた。

「……ちゃんと敷いたぞ」

ぶすっとした顔で言われて、瑠璃は室内をちらりと覗き込む。すると、絵を描かないスペースに布団がしっかり出されていた。

「安心しました。今夜はお布団で寝てくださいね」

わかったわかったと頷きながら、龍玄は瑠璃が両手に持っていた盆をひょいっと持ち上げる。

「君も一緒に休憩するか？」

「そうしようと思って、二つカップを持ってきています」

なるほどと言いながらニコッと龍玄が笑う。不意打ちの笑顔にびっくりしつつ、瑠璃は慌てて室内に入った。

まだまだ構想を考えている途中らしい龍玄は、描き損じの紙を大きな机の上に散らかしている。そのどれもこれもが瑠璃にとっては新鮮だった。

先ほど引っ込めた好奇心を少しだけ前に出して、龍玄に聞いてみる。

「先生、依頼されたのはどんなお店なんでしょう？」

「まだ言ってなかったか？」

龍玄は資料を入れておく引き出しからファイルを取り出して、写真を瑠璃に渡す。

渡されたそれを受け取るなり、瑠璃は目を見開いた。

「えっ、ここ——……」

「知っている場所か？」

「……先日、長谷さんに連れていってもらったお店です」

まさかそんな偶然があるのだろうかと瑠璃が心底驚いていると、龍玄はムスッとしながら息を吐いた。

「長谷の奴、俺に一言伝えてくれてもいいものを……」

「そうだ！　先生、ちょっとだけお待ちください」

瑠璃は急いで部屋をあとにすると、鞄からあるものを持ってまた和室に戻ってきた。

「こちらのカフェの招待券を長谷さんにもらっていたんです。次は先生と一緒に行ってきてねって言われて……」

こうなることまで長谷は予測していたのだろうか、と思いつつ瑠璃はチケットを龍玄に渡す。裏面に書いてある店名を確認すると、龍玄は「へえ」と目を丸くした。

「まさしく、同じ店だな」

写真と券を見比べる龍玄の様子を見ながら、瑠璃はあの時長谷が伝えてくれたたくさんの言葉を思い出した。

（相手のことを考える素敵な時間を楽しむこと……）

それから思い切ったように顔を上げて、まだしげしげとチケットを眺める龍玄の着物の裾をちょいと引っ張る。

「先生、せっかくですし、一緒にこのお店に行きませんか？」

すると龍玄は一瞬硬直してから、わずかに視線を下に向けて首を振った。

「これは君がもらったものだ。無理に俺のために使わなくていい」

「そうじゃないです！　私が、先生と一緒に行きたいんです。もらった時、一番に先生のことを考えました、し……」

思わず身を乗り出すように力強く言うと、龍玄は見たこともないほど驚いている。

あまりにもまじまじと見つめられて、恥ずかしさがあとから込み上げてきた。なんならひどく恥ずかしいことを口走ったような気がする。

頬が異常に熱くなっていることに気がつき、瑠璃は大慌てで身を引っ込めた。

「その……すみません、大きな声を出して」

「………」

それから龍玄が、両手で自身の顔を覆ったかと思うと長々と息を吐き出す。彼の肩が震え始めたのが見えて、瑠璃は自分の血の気が引く音を聞いた。

「先生⁉　ごめんなさい、不快な思いをさせてしまいましたよね⁉　で、出しゃばりすぎました！　失礼します！」

よくよく考えなくても、居候の家事手伝いが言うにはあまりにもなセリフだ。龍玄の顔を見られないまま部屋から駆け出そうとすると、ぎゅっと手首を捉まれる。

「待ってくれ、そうじゃない」

その声に瑠璃は立ち上がるのをやめた。恐る恐る向き直ると、龍玄はいまだに片方の手で顔を覆っている。

「先生……？」

怒っているのかと思いきや、龍玄の口からは抑えきれなかったようにクスクス笑う声が聞こえてきた。

「ああ、おかしい」

「……怒っていないんですか？」

「理由がないだろ」

こらえられないというように、龍玄はまだ笑っている。

「そんなに笑うところでしたか？」

「ああ。君がびっくりするほど真剣に、大きな声で子どもみたいに誘うものだから」

「ですからっ……その。でも本当に、一緒に行きたかったんです」

いつも無愛想気味の彼が見せた、不意打ちの笑顔にまたじわじわと頬に熱が上る。

龍玄はそんな瑠璃を見ながら、今度こそ愛おしそうに目を細めた。

「君がいいなら、遠慮なくついて行かせてもらうとする」

その言葉に瑠璃はぱああと顔を輝かせた。

「もちろんです！　きっと長谷さんもそういうつもりでくれたんだと思いますし」

「ああ、そうなんだろうな。……しかし、行くならきちんとしないと」

龍玄が首をかしげたところで、瑠璃はハッとした。

カフェのオーナーは、個人で制作を依頼するほど龍玄の作品を愛している。だとすれば、『もののけ画家龍玄』が来たのだと気づかれる可能性も、もちろんあるはずだ。

「オーナーさんは先生のファンですし、オシャレして堂々と行きましょう。単衣《ひとえ》のお着物はお持ちですよね？」

「箪笥《たんす》に入っているが……」

「私が先生の帯もきっちり締めますから、お任せください！」

「久々に見たな、小姑瑠璃さんの姿」

そんなんじゃありませんよと、瑠璃は握りしめていたこぶしを開いた。

「一緒にお出かけできるのを楽しみにしています、先生」

「そうだな。予定を合わせよう」

スケジュールを決めてから、おやすみの挨拶を済ませて瑠璃は部屋を去った。

「……ちょっと強引に誘いすぎちゃったかしら……？」

無理やりだったかもしれないと自分の行いを反省しかけた時、桔梗の声が頭上から降ってくる。

『瑠璃が誘ってくれて、龍玄も嬉しそうにしとったやん』

「そう？　嫌じゃないならよかったけど」

『安心しぃ。それに、龍玄のこと気にかけてもらってありがとお。あいつは、人からやっかまれてばっかりやし、天才の悩みに寄り添おうとするような人間はおらんかったからな。瑠璃の気持ちは嬉しいと思う』

「大事な人だもの。力になれたら嬉しい」

実際に店内を見た龍玄が、どういう作品を描くのか楽しみで仕方がない。きっと、たくさんの人たちに喜ばれる絵になることだけは確信できる。

瑠璃はもらった招待券をなくさないように、手帳にきっちり挟んでから眠った。

＊

毎日しとしと降り続く雨は、新緑をさらに美しく輝かせている。緑のもみじに、雨の五重塔。池に波紋を作る水滴は、見ているだけでも美しい。

雨が多いと河童《かっぱ》は元気になるらしい。緑青は笑いながら庭先で踊る回数が増えていた。

人の家の庭先でおかしな踊りをするなと、龍玄も初めのうちは額に青筋を浮かべていたが、何度注意してもやめないどころか、毎回もののけ達の数が増えていくのに諦めがついたようで、最近は何も言わず好きにさせている。

専属医師の伍によれば、経過は順調でもうしばらくしたら池に戻ってもいいとのことだった。

「今日も雨だから、緑青は元気いっぱいですね」

「そのようだな」

「賑やかで楽しいですね、先生」

縁側でお茶をしながら瑠璃が同意を求めると、龍玄から「まあな」と気のない返事が返ってくる。

「……俺の家で好き勝手しやがってまったく」

『新参者は龍玄のほうや』

龍玄がため息をつくと、桔梗がすかさずいつものツッコミを入れている。今日も、雨が降り注ぐ庭先で、もののけ達は楽しく踊っているようだ。

彼らの声しか聞こえない瑠璃としては、踊っている姿を見たくてたまらなかった。

ゆえに、我慢できず龍玄に頼んで庭先を見てもらったことがあったのだが……ものすごく眉根を寄せていた。

そのあとすぐ、瑠璃のためにどんな様子だったのかを絵に描き起こしてくれたのは、龍玄なりの優しさだ。一挙一動をコマ送りにしたように詳細に描かれており、盆踊りの指南書のような出来だ。

瑠璃はそれを渡されてはしゃいだ。さっそく絵を見ながら身体を動かすと、龍玄は盛大に噴き出して大笑いしていた。

「……また、あの面白い踊りを踊っているんですよね？」

「そうだな、おかしな振付だ」

するとフクの声がすぐさま瑠璃の耳に届いた。

『絶対、絶対わしのほうが上手《うま》いぞ！』

フクは濡れるのを嫌がるが、踊りには自信があるらしい。

緑青は庭で、フクは縁側でお互いの踊りを見せ合いっこするのが、最近の高遠家の流行りだ。

当初は顔をしかめていた龍玄も、今では見て見ぬふりをしているようだ。

「フクが、自分のほうが踊りは上手《うま》いって言ってるんですが、どうですか？」

「あれを上手かどうかと聞かれると謎だな」

龍玄は渋い表情で首をかしげていた。

こうして雨の日になると毎回、もののけ達の謎のダンスバトルが行われる。

瑠璃は雨が降るたび、庭から聞こえてくるもののけ達の声援を聞きながら家事をするようになっていた。

ケケケという笑い声と、妙にこぶしの利いた合いの手のような声、他のもののけ達の騒ぐ声がひっきりなしに瑠璃の耳に届く。

『――……あっ！　またお外で踊ってる！』

庭先の新緑を楽しんでいた瑠璃は、伍の困ったような声を耳元で拾った。

「今日は踊っちゃダメだったの？」

『……お休みしてねって、昨日言ったんだけどなぁ』

「じゃあ、動き回っちゃったらダメじゃない」

瑠璃は大慌てでそのことをフクに伝えた。

するとフクは『そらあかん！』とすぐに踊るのをやめたようだ。しかし緑青はまだ雨に当たっていたいらしく、ぶうぶう文句を言っている。

「緑青、悪化したら困るでしょ？」

『あとちょっとだけ、外おりたいねん』

「それは、わかるけれど……」

せっかくの『お天気』の日に外に出られないと気持ちが塞いでしまうのは想像できる。

しかし、怪我を治すのが先決だ。

どう声をかけるべきか考えていると、伍がププッと鳴いた。

『緑青は、お薬も最近サボるの。もうちょっと辛抱してもらわないとなのに……』

困った瑠璃が龍玄に伝えると、彼は腕組みしながらふむ、と一息ついている。

「家賃を払わせるか、追い出すか」

「それはかわいそうですよ、先生」

「じゃあ、おとなしくしてもらうしかあるまい……あ、逃げたなあいつ』

三人の会話が聞こえていた緑青は、庭木の陰に隠れたそうだ。がしかし、龍玄はうろんな目つきになった。

「まさかあれで隠れているつもりか……？」

あまりにも呆れたように言うので、つい瑠璃は龍玄の横顔を見つめた。

「どのような姿なんですか？」

「……まるまる尻が出てるな」

「お尻が⁉」

庭に視線を向けたままの龍玄は、ため息を吐きながら立ち上がった。

雨の中歩いて行くなり、植え込みの隙間から何かを掴んで引っ張り出す仕草をする。

おそらく、隠れたつもりになっている緑青を引っ張り出したに違いない。暴れるな！　と怒りつつ、慎重に腕の中に抱え込んで連れてきてくれたようだ。

「……伍はいるか？」

名前を呼ばれて驚いたのか、瑠璃の耳元で『ひぇっ⁉』と伍が息を呑む。

「押さえてやるから、さっさと薬を塗ってくれ」

伍は、瑠璃の髪の毛の陰から出ようか出ないか迷っているようだ。返事がない伍を探すように、龍玄の瞳が瑠璃の首元に注がれた。

「伍、先生は怖くないわ。信じてくれる？」

『うー……』

緑青を抱えた龍玄が、瑠璃の隣に座り込んだ。少しして、龍玄の険しかった視線がみるみる緩んでいく。

「たっぷり治療してくれ。早く良くなってもらわないと困る」

『……先生、そのまま緑青を押さえててくれる？』

伍の言葉を伝えると、龍玄は無言のまま頷く。降参したような緑青の声が聞こえてきた。

『ちぇ、もっと遊びたかったのになあ……』

「良くなったらいっぱい遊びましょう。フクもまた一緒に踊ってくれるはずだから」

緑青は不満そうだったが、龍玄に鬼のような顔で「天日干しにするぞ」と脅されて、おとなしく言うことを聞くと決めたようだ。

『終わり！　緑青、戻ってちょっと寝てね』

伍の治療が終わったことを告げると、龍玄は緑青を抱えてキッチンのプールまで連れていった。縁側に戻ってきた龍玄は、一仕事を終えたあとのように腕を回している。

「先生、ありがとうございます」

「俺はもののけの世話係になった覚えはないんだがな……」

はあ、と大きなため息だったが、言葉とは反対にまんざらでもなさそうに口元がほころんでいる。

『やっと寝てくれた。手伝いありがとお』

時を同じくして緑青の様子を見にいっていた伍が戻ってきた。彼の感謝の言葉を代弁しながら龍玄に向き直ると、龍玄の手のひらがすっとこちらに向かって伸びてきた。

その指先が、瑠璃の肩に触れる。なんだろうと目をぱちくりしてしまったところで、龍玄の視線が自分の肩に固定されていることに気がついた。

「……隠れないのか？」

紡がれた龍玄の声には驚きが含まれている。

（伍が、姿を見せているの……？）

『龍玄先生、ありがとお』

今までずっと伍は龍玄に姿を見せなかったはずだ。しかし今、伍の声はたしかに瑠璃の肩から聞こえてくる。

言われたままを伝えると、龍玄の口元に微笑が浮かんだ。そして指先でツンと何かをつついたような仕草をする。

『――ひゃあっ！　初めて人間に触られた！』

「あはは、なんだその姿は」

『もぉ恥ずかしいから、ばいばい』

言い残して、伍は瑠璃の髪の中に隠れたようだ。それでも龍玄は伍が姿を見せてくれたことに満足したらしく、いまだに微笑んでいる。

「いったい伍はどんな姿になったのでしょう?」

「描くから、見に来るか?」

そんな魅力的な誘いを断るわけがない。縁側での小休止を切り上げて、龍玄の和室に向かった。

「普段の姿がこれで……さっきは、尻尾の巻きが取れた」

人間に初めて触られた伍は、驚きのあまり五本の丸まった尻尾がピンと伸びきってしまったらしい。

ぶるりと震えたあと、巻き戻し笛のように尻尾は元の状態に戻ったのだという。

「……よっぽど、先生の感触に驚いたんでしょうね」

「見ていて飽きないな、こいつらは」

恥ずかしがりなもののけに触れたのも、姿を見られたのも嬉しかったらしい龍玄は上機嫌だ。

「よかったですね先生。伍とも仲良くなれて」

「仲良くというにはほど遠いが……まあ、すべて君のおかげだ」

またも伸びてきた龍玄の手のひらが、今度は肩ではなく瑠璃の頭上をぽんと一撫でした。

「何もしていません……通訳をしただけで」

龍玄自らが、緑青と伍のために動いたから仲良くなったのだ。瑠璃はほんのちょっとだけ手伝いをしたにすぎない。

「それでも、瑠璃がいてくれたからこそなんだよ。いつも助かっている」

感謝されるとは思ってもいなかったので、瑠璃は頬に血がのぼってくるのを感じた。

（なんて幸せな毎日なんだろう……）

こうして、気持ちを素直に伝えてもらえること。龍玄やもののけ達の側にいられる日々を、瑠璃は心の底から愛おしく感じていた。


その翌日、瑠璃は龍玄と一緒に、制作依頼をしてくれたオーナーの経営するカフェに向かった。

夜半まで降っていた雨はすっかりやみ、朝から心地いい青空が見えている。出かけるにはちょうどいい気温だ。

「それで、ここを右です……たぶん」

長谷と一緒に歩いた時は、道案内を任せっきりにしていたため、店の場所は曖昧だ。

おまけにあの時は、細い道に入ったり、お店を通過して反対側の道路に出たりしたので、より一層混乱していた。

「地図を見るかぎり、左だと思うのだが。まさか、瑠璃は方向音痴か？」

「……………」

「図星なのか」

「誘っておいて案内もできず、申し訳ないです」

しょんぼりすると、持っていたチケットを龍玄にひょいと取られてしまった。

「やっぱり左だな。おいで」

道案内は任せることにして、瑠璃は背の高い彼の後ろに続く。しばらく歩くと見覚えのある道になり、目的地の看板が見えた。

「合っていたようだな。無事に到着できそうでよかった」

「面目ないです」

「気にしなくていい。いつもしっかり者の君が、きょろきょろしている姿が珍しかったから、今度散歩の時には道案内を頼む」

瑠璃は照れ隠しに少し口を尖らせてから、入り口の手前で微笑みながら待っている龍玄に近寄った。中に入るなり、いらっしゃいませと声がかけられる。庭の見える静かな席に案内されてから、瑠璃は龍玄の様子を窺った。

「……先生、お店の雰囲気はどうでしょう？」

「悪くないな」

表情から察するに、それは「良い」という意味だ。瑠璃はホッと一安心して、メニューを開く。

「長谷さんと来た時には、これを注文したんです」

和菓子屋から毎日仕入れている和菓子が付いてくる本日の一杯を指さすと、龍玄は興味深そうにしている。

神経質そうな雰囲気と凛々しい顔立ちのため厳しい人に見えがちな龍玄が、実は和菓子などの甘いものを好むことを瑠璃は知っていた。

おそらくこのメニューは、龍玄のストライクに違いない。

「そのあと追加でケーキも頼んだんですけど……講師代ということでごちそうになりました」

「それが講師代とは、長谷はずいぶん安上がりに済ませたな」

「美味しかったので私は満足です」

「次は俺が請求しよう」

法外な値段を提示するのではないかと青ざめたところで、龍玄はくすくす笑い始めた。

「冗談だ。ひとまず注文するか」

本日の和菓子つきを龍玄が、手作りケーキのセットを瑠璃がそれぞれ頼む。

店内に広がる珈琲《コーヒー》の香りを楽しみながら待っていると、しばらくして注文の品々が運ばれてきた。

それを見るなり、龍玄は満足そうに目を細める。小皿に載せられた本日の和菓子は紫陽花をかたどったものだ。一方瑠璃のケーキは、チョコレート味。

「先生に半分差し上げますね」

切り分けたところで、奥から歩いてくる初老の男性と目が合った。彼は龍玄と瑠璃の姿を視界に入れると、破顔して近寄ってくる。

「こんにちは、初めまして……あの、私この店を経営している者なのですが」

「こんにちは！　オーナーさんですね」

挨拶とともに瑠璃は立ち上がり、自身と龍玄を紹介する。

「わざわざご来店いただきありがとうございます」

はにかんだような笑顔がチャームポイントのオーナー荒木《あらき》は、照れたように微笑んだ。

本物の龍玄と対峙するのは初めてだという彼は、始終嬉しそうに顔をほころばせる。その様子からは、人の好さがにじみ出ていた。

二言三言会話を交わすと、ゆっくりしてほしいからと荒木は立ち去っていく。もらった名刺を脇に置いたまま、龍玄はまだ湯気の立ちのぼる珈琲《コーヒー》に口をつけた。

「ああ、美味《うま》いな」

瑠璃が切り分けたケーキを龍玄は嬉しそうに口に入れる。

「気に入りましたか?」

「そうだな……」

そのまま龍玄は店内や庭の様子をじっと見入った。まるで雑誌の表紙にでもなりそうな端正な横顔からは、構想を練っている雰囲気が伝わってくる。どうやら熟考し始めたようなので、瑠璃は黙ってケーキを食べながら彼が口を開くのを待った。

しばらくして身じろぎする音がしたので視線を向ければ、頷いた龍玄が手元の和菓子を瑠璃に差し出した。

「君にも和菓子を半分あげよう」

「いえ、大丈夫です。私は二回目なので」

「これも二回目か？」

「それはまだ食べていないのですが」

するとと遠慮をするなと、龍玄は紫陽花の和菓子を半分に割って瑠璃の皿に載せた。

機嫌のよさそうな姿を見るに、いいアイデアが浮かんだのかもしれない。そう思うと嬉しくなって、瑠璃は和菓子を口に運んだ。

「お言葉に甘えて、いただきますね」

ほんのりと上品な味が口の中に広がっていき、「美味しい」と心からの呟きが漏れる。同時にふと、気になったことがあった。

「ちなみに……こういう場所にも、もののけっているんですか？」

外出先で龍玄にもののけの存在を訊ねるのは初めてだ。

瑠璃の言葉に、龍玄は視線を横にずらしてから頷く。手招きされたので身を乗り出すと、彼の顔が近づいてきた。

「ケーキが飾ってあるのを見ているのがあそこに数匹……それから」

小声で耳打ちされて、胸がドキドキする。

それから鼓動の高まりを誤魔化すように、龍玄が指したほうに目を向けてみる。小さい生き物が、背伸びをしてショーケースの中を見ているのかと思うと、想像力が掻き立てられた。

人の念から生まれるもののけ達は、人が近くにいないと生きていけないらしい。まるでツバメのように生活に密着しているところが、聞いていて面白かった。

「けっこう近くにいるものなんですね」

「どこにでもいるさ。まあ、うちよりは少ないが」

「先生のお屋敷は別格ですよ。もののけ達の高級リゾートホテル、ご予約満員御礼状態ですから」

「なんだそれは」

途端に龍玄は噴き出して笑い始めた。

話し込んでしまっていたところで、「お冷《ひや》のおかわりはいかがですか？」と声をかけられた。コップを渡した時に、ふと瑠璃の視界に紙でできたコースターが目に入る。

「あれ、絵の種類が違ってる……？」

瑠璃のものには緑色の葉っぱが、龍玄のものには傘が描いてあった。

「一枚一枚、柄が違うんですね」

「それは、オーナーの奥様が手作りされているんですよ」

従業員の言葉に、瑠璃は頷きながらもう一度コースターを見つめた。

「シートみたいなので作っているんですけど……ええと名前はなんだったっけな……」

「もしかして、ステンシルですか？」

「そう、それです！　お詳しいですね」

聞くと、オーナーの奥様は手先が器用らしく、ちょっとしたものを手作りするのが趣味だそうだ。

「なので、ケーキも奥様が作っています。イギリスに行かれた時に、仲良くなった方《かた》から教わったって話していました」

「素敵ですね」

友達から教わったレシピをお店の商品として出す。その友人が聞いたら、きっと喜ぶに違いない。

ほっこりと温かい気持ちになりながら瑠璃の中にひらめくものがあった。

（あ、ステンシル……そうだ、これなら茜さんの悩みを解決できるかも……！）

思い立ったが吉日。瑠璃はコースターをもらって帰っていいか訊ねる。するとすぐに従業員は新しいコースターを二枚持ってきてくれた。紫陽花やケーキがステンシルされているのが可愛らしく、思わず破顔する。

そんな瑠璃の様子を見て龍玄が薄く笑みを浮かべた。

「瑠璃にとっても、この店がいいヒントになったようだな」

『瑠璃にとっても』という言葉に、コースターを眺めていた瑠璃はパッと顔を上げた。

「ということは、先生もいい案が浮かんだということですね？」

「楽しみにしていてもらいたい」

「はい！」

そんなことを話すうちに、心地よい雰囲気のおかげで長時間くつろいでしまった。

時計を見てびっくりした瑠璃と龍玄が、店を出ようとすると荒木がわざわざ見送りに来てくれた。

「また行きましょうね、先生」

「そうだな」

ぽつぽつ話をしながら帰っている途中、瑠璃はスーパーの前を通りかかって足を止めた。それに気付いた龍玄も立ち止まる。

「……何か、買い忘れか？」

「ええ。今晩のサラダ用のレタスを買い忘れていました」

「寄っていくか？」

スーパーを指さされて瑠璃は申し訳ないと思いつつ首肯する。

「ついでに、足りないものを買い足してもいいですか?」

「重いものも買っていい。俺が持つから」

果たして彼に米など持てるのか心配になっていると、瑠璃の胸中を察した龍玄が眉根を寄せた。

「……筆以上に重たいものは持たないとか言わないから、安心してくれ」

「あはは、それはまるでお姫様の台詞ですね!」

店に一歩足を踏み入れると、ちょうど空いている時間なのか人がまばらだ。お目当てのレタスに加えて、不足していた食材をいくつか購入する。

帰ろうと出入口に向かうと、レジの脇に長机が用意されていた。

「先生、福引きしていますよ!」

買い物の間、チリンチリンと鐘の音が聞こえていた理由が判明して瑠璃は表情を明るくした。購入品の合計金額によって、抽選器を回せる回数が違うらしい。

レシートを渡すと、従業員が笑顔で回数を教えてくれた。

「三回どうぞ~!!」

龍玄を見上げると「全部君が回していい」と言われてしまって困った。こういう時、あんまり自分は強運ではないほうだ。

「一等は温泉旅行ですよ、頑張って！」

店員が鼓舞するようにこぶしを握りしめる。瑠璃が二度回すと、出たのはどちらも真っ白い玉だ。

ティッシュは使うから嬉しいのだけれど、やはり微妙に悔しい。

「最後の一回は、先生にお願いします」

瑠璃に頼まれた龍玄がくるりと一度回すと、ポコッと飛び出してきたのは緑色の玉だ。

あっという声とともに、チリンチリンと鐘が鳴らされる。

「四等ですね、おめでとうございます！」

渡されたのは、想像以上に大きな花火の詰め合わせだった。

「すごい、先生！　当たっちゃった！」

龍玄も当たるとは思っていなかったのか、大きな花火の袋に珍しく目を点にしていた。

もらった景品に胸が躍る。実家から持ってきた浴衣を思い出し、花火をする時に着ようと決めた。

「梅雨が明けたらするか」

「楽しみです。先生も花火は好きですか？」

「まあ、好きか嫌いかと言われれば好きだな」

きっと、桔梗もフクも家のもののけ達もこのお土産を喜んでくれるだろう。

「みんなでしましょう。早く、梅雨が明けないかな」

花火に夢中になっていたので気づかなかったが、はしゃぐ瑠璃の姿に龍玄が眩しそうに笑顔を向けていた。

第五章

　花火が当たってから数日、まだまだ梅雨は明けそうにない。瑠璃がステンシルの道具について文房具屋の奥さんに連絡をすると、すぐにお店の在庫を調べてくれた。

　しかもメーカーからの試供品で渡されたセットがいくつか余っているということで、奥さんからそれらを譲ってもらうことになった。

　さっそく文房具屋からそれらを持ち帰り、瑠璃は、まずは自ら試してみることにした。

「いつぶりかしら……小学生の時に、何回かやったことがあったような」

　図工の時間に似たようなことをしたなと思い出しつつ、説明書を取り出して、使いかたをチェックする。

「型抜きしたシートをテープで押さえて……絵の具で塗っていく……」

　まずは、蝶の型紙を画用紙にマスキングテープで留めた。瑠璃は手持ちの水彩絵の具を使ってシートの上から型の部分を筆で塗っていく。

乾いた頃合いを見計らってシートを剥がすと、水色の蝶が真っ白な画面に描かれていた。しかしうっすらと周りがにじんでしまっているようだ。

「水彩絵の具だと水加減が難しいのかも」

そう呟いて、今度はスポンジに薄めていない水彩絵の具を染み込ませて使ってみる。すると、大成功だった。ただ、筆とは違って吸い込んだ絵の具が手についてしまうから手袋は必須だろう。

ふむふむ、と考えながら手を動かしていると耳元で小さな声が聞こえてきた。

『瑠璃ちゃん、今日は何してるの?』

伍の声だ。瑠璃は小さな彼に見えるようにスポンジに絵の具を染みこませて、また型紙を優しく押していく。

シートを剥がすと、今度は明るい黄色の蝶が出来上がった。

「じゃーん！　こんなふうに、誰にでもきれいな形がつくれるの。ステンシルっていう技法よ」

『へーえ。瑠璃ちゃんはまた面白いことしてるなぁ』

今度は緑青が瑠璃の部屋にやってきたようだ。声のする方向に向けて、瑠璃は画面を見せる。

「でしょう。これだったら、誰でも難しくなくできるかなって」

パレットに数色出して色を混ぜてもいいし、グラデーションにしたければ水分を調整するのもいい。絵の具でなくとも、色鉛筆やクレヨンで試すのもありだろう。

『すごく楽しそうだねぇ』

「そう言ってもらえると嬉しいわ」

茜から相談されていた内容や経緯を説明すると、二匹は興味深そうに相槌を打つ。

先日もらったコースターがステンシルを思い付いたきっかけだったことを話しながら、それを取り出してもののけ達に見せたところ。

『なんだかスタンプみたいやなぁ』

緑青の言に、瑠璃はステンシル部分をまじまじと凝視する。

「そうだ！　スタンプ台を絵の具代わりに使えば、手が汚れにくいし色がにじむ心配もないわ」

さっそくインターネットで調べてみると、多くのスタンプ台が販売されている。もちろん、文房具屋の奥さんに頼めばすぐ注文してくれるだろう。

「これだったら、お洋服も指も汚さないわ……資料をまとめておけば、茜さんも時間がある時に読んでくれるかな」

『えらい親切やな。でも瑠璃ちゃんがそうしてくれたら、相手も助かると思うで』

「そうよね。よし、やる気が出てきたわ。さっそくまとめなくちゃ！」

パソコンを取り出そうとしたところで、伍が『先生が来たよ』と言うのが聞こえた。

瑠璃は、窓際に置いてあった市美展用の出品作を裏返しにする。

「瑠璃、いるか？」

ノックとともに龍玄の声が聞こえてきたので、立ち上がって扉を開けた。

「すまないが、近々胡粉《ごふん》を買ってきてもらいたい。忘れると困るから先に伝えておこうと思って」

「もちろんです。今行きましょうか？」

「急いでいない。君のほうは順調か？」

瑠璃はステンシルで散らかった部屋を見せる。

「いっぱいやることがあって……でも自分の作品も、合間にちゃんと描いています」

「そうか。安心したよ」

嬉しそうに微笑んだ龍玄に、ポンポンと頭を撫でられた。

「楽しみにしていてください。その時まで、内容は秘密です……」

「わかっている」

完成するまでお互いに作品は内緒という約束をかわし、二人とも自身の作品制作に集中することに決めている。

その時、ふと龍玄の手のひらが瑠璃の肩に向かう。

「伍が顔を出しているんですか？」

「まだ怖がっている様子だが……まあ、姿を見せてくれるだけましになったな」

瑠璃は嬉しくなって、伍に声をかけた。

「今度は、先生の肩に乗ってみたら？　私より幅が広いから、乗り心地がいいかもしれないわ」

『ま、また今度にするっ！』

言い残すなり、伍はどこかへ消えたようだ。龍玄の視線が瑠璃の肩から床に走り、少し名残惜しそうに瑠璃に戻る。

龍玄の様子がどこか可愛らしく思えて、瑠璃は微笑んだ。

「先生はもののけが大好きなんですね」

「……そういうわけではないが……」

そこで口を閉じてから、龍玄はポリポリ頭を掻いた。

「まあ、言うほど嫌っていないな。こいつらがいたから、今の俺がいるわけで」

嫌っていないどころか、大好きなのは見ていてひしひしと伝わってくる。

一言二言会話を交わしていると、緑青が『あ！』と声を上げた。

『――そうや、言い忘れとったけど二人とも居《お》るし丁度ええ』

緑青の声に、瑠璃は自室を振り返る。

『あと二週間ぐらいで、ワシのお皿は完治やって。伍がさっき言うとった』

「ほんと⁉」

緑青の言葉を龍玄に伝えながら、退院が近いことが嬉しくて自然と笑顔になる。

「よかったね、緑青。退院する時は、お祝いに花火しましょ。いいですよね、先生？」

「瑠璃がそれでいいのなら、俺はいつでもかまわない」

梅雨明けとともに花火を楽しむのなら、退院祝いも兼ねて盛大に行いたい。

しかし、次の声に瑠璃は固まった。

『もおすぐお別れやな』

「そっか……治ったら出ていっちゃうんだよね」

『そら、いつまでもここに居《お》るわけにもいかへんし』

しんみりした空気を払拭するように、龍玄が口を開いた。

「引っ越し先は決まったのか？」

『あ、そうやった……忘れとったわ……』

「なんだそのおかしな顔は……ということは、決まっていないということだな。伍とも相談して、どうするかよく考えておけよ」

龍玄は財布を瑠璃の手に載せると踵《きびす》を返す。

「緑青はお引っ越しするの？」

『やばいな。考えとかな、戻ってまた皿がぱりーん割れても困るなぁ』

「うーん。そうねぇ……一度、元いた場所に偵察しに行かない？」

『そらいい案やな。でもええの？　瑠璃ちゃん忙しいんちゃうか？』

「ううん。大丈夫。せっかくだから出かけましょう」

緑青を齧《かじ》ろうとした亀は、もしかしたらもういなくなっているかもしれない。

それに、緑青が不在の間に池の様子が変わってしまっていて、住みたくなくなってしまうことだってありうる。

瑠璃は緑青と伍を連れて大仏池まで様子を見にいくことにした。

(怪我が治るのは嬉しいけれど、二人がいなくなるのは寂しいな)

せっかく仲良くなったし、家族のように思っていた。だが、彼らは元々人間とは違う生き物だ。いつまでも龍玄の家に居候するわけにもいかない。

支度を済ませ、龍玄に出かける旨を伝えてから足早に屋敷を出た。

バスを降りて、観光客が鹿と遊ぶ横をすり抜けながら、緑青と伍の入っているショルダーバッグに向かって小声で話しかけた。

「今夜は、何が食べたい？　二人の好きなものを作ってあげる」

『僕、オムライス！』

『おお！　それはええなぁ。ワシも一度は食べてみたかった』

寂しさを誤魔化すような提案だったが、勢いよく言葉が返ってきて少し安心する。

瑠璃は冷蔵庫の中身を頭の中で思い出して、大きく頷いた。

「それなら作れるわ。ケチャップでお星様を描いてあげる」

伍が喜んでプップッと鳴く声が聞こえてくる。基本的に和食が多いので、たまには洋食でもいいだろう。

「今夜は腕を振るわなくっちゃ」

なんだかやる気が出て、瑠璃は手を大きく前後に振って軽く運動をしながら、目的地の大仏池へ向かった。

たどり着くと、薄曇りながら池の上空からは晴れ間が垣間見えていた。

『ああ、やっぱりええなぁ、元々居《お》ったところは。しばらく来ないうちにえらい懐かしいわ』

緑青は感慨深い様子で池を見回しているようだ。

「一周回ってあげるわ。じっくり見てね」

『ありがとお』

瑠璃は少しゆっくりめに、池の周りを歩き始める。写真を撮る人、鹿と遊ぶ人、のんびり散歩をする人など、それぞれが楽しんでいた。半周したところで、一度ペットボトルの水を飲むために小休止する。

すると、近くで太陽光を浴びながらくつろいでいる亀がいた。どうやら甲羅干しをしているらしい。

「のんびりまったり、いいお天気だもんね」

気の緩む光景に瑠璃がニコニコしていると、緑青が『ひゃあっ！』と声を上げた。

「ど、どうしたの緑青……そんな声出して……!?」

『あああ、瑠璃ちゃんあかんで！　その亀はあかん！』

「普通の亀さんよ、どうしてダメなの？」

『ワシのこと齧《かじ》った亀やで！』

「えっ⁉」

想像以上に大きな声が出てしまい、犬の散歩をしていた人が驚いた様子で瑠璃を見た。

気まずさに視線を逸らしてから、瑠璃はショルダーバッグをお腹の前に回し、緑青を鞄ごと抱え込む。

「あの子が、緑青の怪我の原因になった亀ってこと？」

こんなに広い池でたくさん亀がいるのに、なんという確率だろう。瑠璃には見分けがつかないが、緑青からすれば亀の顔を忘れることなどできなかったようだ。

『よお見て！　凶暴そうな顔してるやろ！』

「そ、そう言われても……普通の亀にしか見えないんだけど」

緑青は恐怖で震えているらしく、伍が一生懸命なだめている声が聞こえる。しかしどうも、瑠璃には齧《かじ》ったという亀がそこまで悪人のようには見えなかった。

緑青を遠ざけるように鞄を後ろに回してから、少しだけ亀に近寄ってしゃがみ込むが、やはり齧《かじ》りついてくる様子はない。むしろ緑青のような大きな生き物を追いかけ回すようには思えない。

『瑠璃ちゃん、怖いからもうあっち行こう。また噛まれても嫌やし』

「そうね。でもそんな怖そうには感じられないんだけど」

『そら、人にとってはそうかもしれへんけどな、一緒に暮らしたらやばいで！』

すると目をつぶっていた亀が、瑠璃たちのおしゃべり声に気がついたのかこちらを向いた。瞼《まぶた》が開かれて、くりくりした真ん丸の目がじっと見つめてくる。

あかん、逃げよう、と叫ぶ緑青を見て、ふとある記憶を瑠璃は思い出した。

（そういえば龍玄先生も昔、黒電話のもののけに齧《かじ》られていたのよね）

声の聞こえる瑠璃が、初めて龍玄とのもののけの仲を取り持ったのが、噛みついてくる黒電話の件だ。

電話を取ろうにも、齧《かじ》りついてくるせいで受話器を持てないと困っていた龍玄と、自分のことを嫌っていると思っていたもののけ――

双方の話を聞けば、お互いが勘違いをしていたのだとわかった。

「……ねえ緑青。ちょっとだけ私が亀さんと話をしてみてもいい？」

瑠璃の口から、するりと言葉が滑り出てきた。

その瞬間、亀がこちらに向き直るかのように前脚を動かす。

『えええ、何言うてんねん瑠璃ちゃん⁉』

「ほら、亀さんも困っているような顔をしているし、何か伝えたそうにこっちを向いているわ」

『見間違いや！　勘違いや！　あかんて、絶対あかん！』

痛い思いをしたのだから、相手を怖がるのは想像できる。しかしあの時の龍玄と黒電話のもののけのように、もしもお互いに勘違いしていることがあったとしたら……思っていることや考えが伝わらず、嫌いなまま終わってしまうのは、それこそもったいない。言葉があるのだから、話せばわかることだってあるはずなのだ。

「緑青はこの池でこれからも暮らしていきたいのでしょう？」

『そらそうや。大昔からここに居《お》るわけやし』

「だったら、快適に暮らせるほうがいいわよね？」

緑青はもちろんだと頷いたようだ。瑠璃は緑青の目を見るような気持ちで、ぐっとショルダーバッグを覗き込んだ。

「だからこそ、亀さんとお話しさせてほしいの。緑青は、バッグの中で隠れていていいから、私に少し時間をくれない？」

『せ、せやけどこの亀がしゃべってんのは外国語やし、瑠璃ちゃんもわからんのとちゃう？』

たしかに、瑠璃にはもののけの声は聞こえても生き物たちの声を拾うことはできない。それに、話しているのが外国語ならなおさら聞き取るのは難しい。しかし携帯電話の翻訳ツールがあるし、やってみようと思っていると、瑠璃の肩でププッと伍が鳴く声が聞こえてきた。

『外国語、ちょっとだったら僕できるよぉ』

「そうなのね！」

　であれば、伍が亀の言葉を日本語にできれば問題ない。伍に間に入ってもらって、瑠璃は亀と話すことを決めた。伍の頼もしさにホッと肩をなでおろすと、緑青からちょっぴり拗ねたような声が聞こえてきた。

『瑠璃ちゃんが言うならまあええわ。ワシは恐ろしいから鞄の底に潜っとく』

『……緑青、お尻出てるよ……』

　どうやら緑青は顔を隠すのは得意だが、お尻は出てしまうらしい。可愛らしいその姿を想像して、瑠璃はくすっと笑った。

「さて、じゃあ伍にお手伝いをお願いすることになるけれど、いい？」

『任せて！』

　さて、そうして伍を通じて亀に話しかけてみたところ、亀がゆっくりと口を動かし始めた。

もののけではないから瑠璃には亀の言葉は聞こえない。伍に視線を向けると、また小さな鳴き声とともに通訳をしてくれた。

『――うーんとねえ、驚かせるつもりじゃなかったんだってぇ』

「でもその結果、緑青はびっくりしてお皿を割ってしまったっていうことよね？」

『そおいうことだねぇ』

伍の声に亀がゆっくり頷く。どうやら当時、緑青を見かけた亀は挨拶をしようと近寄ったのだという。そして挨拶のために大きな口を開けたら、緑青はその動きを噛まれると勘違いしてしまったようだ。

『それからええと……ぶつかってからずっと、心配していたんだって』

そうだったの、と瑠璃は呟いた。それから伍と亀に向かって声を発する。

「緑青は、伍の治療のおかげで今はだいぶ具合が良くなったの。もうすぐ完治するそうよ」

すると伍がまた亀に言葉を伝えてくれる。瑠璃の言葉を理解したらしい亀は、嬉しそうに目を瞬かせているように見えた。

『挨拶の仕方が悪かったのを反省してたんだって。今も心配してるって』

「あのね、緑青はこの池にまた戻りたいらしいの」

『もちろん戻ってきてほしいって。直接謝りたいって言ってるよぉ。緑青、どお？』

伍の声に合わせて、瑠璃は鞄をツンツンとつついた。

「そうなんだって、緑青。怖い気持ちはわかるけれど、あなたを傷つけるつもりはなかったし、本人はすごく反省しているみたいよ」

瑠璃にはその姿を見ることはできないが『あ、ちょっと頭出した』と伍に言われて、緑青が亀のほうを向いたのだとわかる。しばらくの沈黙のあとに『おう』と頷く声が聞こえてきた。

『ごめんなさいって、いまのは緑青もわかったやろ？』

『……うん』

瑠璃が首をかしげていると、伍が補足してくれた。

『亀さんはねぇ、緑青に謝りたくて、甲羅干ししながら日本語勉強してたみたい。それで、日本語でごめんなさいって言ってくれたの』

『そんなにしてまで、待っとってくれたんか。ワシも誤解したままで、一方的に悪く言ってすまんのお』

緑青が謝るのを聞いて、瑠璃はホッと胸をなでおろした。

「じゃあ、緑青は完治したらこの場所に戻っても大丈夫そう？」

『まあ、そうやな。なんか困ったら、伍に来てもらったらええし』

亀も安心したのか、瞬きしながら首を下に向ける。バイバイというような亀の動きを見送ると、伍には亀の言葉が聞こえたようで、プブッと音を立てた。

『待っとるって、あの亀さん言ってたよぉ。よかったね、緑青』

伍は心なしか声を弾ませている。

『せやな。なんかワシ、安心したわ』

「私もよ。龍玄先生に報告して、それからオムライスを作るからみんなで食べましょう。なんだかすごくお腹が空いちゃった」

緑青と伍が、オムライスという単語に反応して喜ぶ声が聞こえてくる。瑠璃はくすくす笑いながら立ち上がった。見送るように首を伸ばした亀に手を振って、池をもう半周してから帰路につく。

『瑠璃ちゃん、ありがとお』

緑青の声が聞こえてきて、瑠璃は鞄をぎゅっと抱え込んだ。

「何もしていないわ。伍が通訳してくれただけで」

『ちゃうちゃう！　瑠璃ちゃんが話そうって言うてくれへんかったら、ワシも伍も逃げとったと思う』

そうそう、と伍が相槌を打つ。

「違うのよ。緑青が無事に池に戻ったあとも、毎日幸せに過ごしてほしくて」

『その気持ちが嬉しいんや』

瑠璃は立ち止まって、鞄を見下ろす。

「おせっかいじゃなかった？」

『んなことないで。おせっかいちゅうんは、自分の気持ちを相手に押し付けることや。瑠璃ちゃんのは優しさやで』

（そっか……！）

相手を思う気持ちとは、こういうほんのちょっとしたことでいいのかもしれない。なにもたいそうなものを贈ったり、いい言葉をかけたりすることだけが、相手を思うこととは限らないのだ。

「ねえ。ケチャップで、お星様だけじゃなくてハートも描いちゃおっか？」

『わーい！』

『そらええなあ！』

はしゃぐ二匹の声を聞きながら、瑠璃は気持ちも足取りも軽くなって家に向かった。

「――ずいぶん、気合いが入っているな」

龍玄は卓上に並ぶ夕食に目を点にした。

もののけのリクエストで洋食になったことや、大仏池で亀と初めて話したことを伝えると、龍玄は楽しそうに口元を緩めている。

ただ、笑っている理由はメニューだけのせいではないだろう。瑠璃は勢い余って、もののけと自分のだけでなく、龍玄のものにまでケチャップで星とハートを描いてしまっていたのだ。

恥ずかしくなって俯きながら着席し、目を合わせないようにとぽとぽお茶を湯呑みに注ぐ。

すると龍玄がニヤッと笑った。

「さしずめ、こっちにも描くように言われたのだろう?」

「……………おっしゃる通りです」

瑠璃があまりにもきれいにハートや音符を描くものだから、桔梗やフクにも、もっと描いてとせがまれたのだ。しかしオムライスの数は限られていたから、まるで子ども用のオムライスが龍玄の目の前に出されている。

「潰そうとしたんですが、汚くなっちゃうしもったいないから、そのまま出すように桔梗に言われて……変な意味はないんです、ごめんなさい」

「なんで謝る？　美味しそうにできているし、たしかに潰したらもったいない出来だ」

「そう言ってもらえてホッとしましたけど……」

精悍《せいかん》な龍玄の前に置かれたハートと星の描かれたオムライスが、どうにもシュールで目を逸らす。

お茶を渡し、いただきますと手を合わせると龍玄は一口食べるなり、ニコッと笑った。

「たまには洋食もいいな」

「食べたいものがあればお作りします。レシピも検索すればいっぱい出てくるので」

「君の作るものならどれも美味しいよ」

ふん、と桔梗とフクが意味深に鼻で笑っていた。

「ところで、緑青と伍は食べていますか？」

瑠璃が訊ねると、龍玄はもう一つ用意されたオムライスにちらりと視線を向ける。

そして、盛大に眉をひそめて口を開いた。

「こぼすな。ゆっくり食べろ。ああこら、口にケチャップをつけたまま歩くな」

苦言の合間に『美味しい！』『うまいうまい！』『もっと食べる！』とたくさんの声が聞こえてくる。瑠璃は声の様子から、もののけ達も喜んでいることを実感した。

「緑青、嘴《くちばし》に米粒がつきっぱなしだ！」

龍玄が何かを押さえつけて、布巾でごしごし拭き始める。

『あああ、痛い痛い！　ちょ、もう少し丁寧に拭いてくれへん⁉』

「文句は俺には聞こえない」

ニヤッと意地悪そうに笑い、龍玄はさらに布巾を大雑把に左右にごしごし動かした。

そのあと、今度は指先にそれを巻き付けて、こまごま何かを拭き始める。先ほどとは比べ物にならないほど慎重な姿に、瑠璃は首をかしげた。

「先生、何を拭いて……？」

『伍の口や』

桔梗に言われて、瑠璃はぽかんとした。

『まるで血ぃ吸ったみたいになってるから……先生も見かねたんやろな。伍もおとなしゅう拭かれとるわ』

フクがさらに細かく解説してくれ、瑠璃はびっくりした。

「伍が⁉　先生に⁉」

龍玄は伍に触れるのが嬉しいのか、かいがいしくケチャップを拭き取る作業をしているようだ。

「よし、これでいい――……」

満足そうに正面を向き直った龍玄が、今度は困ったような笑顔になった。

「瑠璃までついているぞ」

ひょい、と親指が瑠璃の口元をぬぐっていく。一瞬にして自分の耳が熱くなるのを自覚した瑠璃は、慌てて口元を自分で拭いた。

「気をつけて食べます」

「好きにしていい。この家は、そういう場所だから」

言いながら再度もののけ達を見つめた龍玄の視線は優しさに溢れている。

ケチャップまみれの可愛い生き物たちが、たくさんそこにいるのを想像する。瑠璃は、心の底から幸せな気持ちになった。

＊

食後、胡粉《ごふん》以外に買い足してもらいたいものを思い出した龍玄は、瑠璃の部屋に向かっていた。

ところが、その手前でもののけ達に足止めされる。きいきい騒ぎながら、こっちに来るなと言わんばかりに、みんな両手を広げて龍玄を阻止しようとしてくる。

「どうしたんだいったい……?」

まさか、瑠璃の具合が悪くなったのかと一瞬心配になる。でももしもそうだったとすれば、桔梗かフクが血相を変えて自分の元にすっ飛んでくるに違いない。

「もしかして、瑠璃が作業中だから邪魔をするなと言いたいのか?」

小さい生き物達に向かって訊ねると、彼らは揃いも揃ってうんうんと頷く。龍玄は苦笑いを漏らした。

「じゃあ、たまには自分で茶でも淹《い》れるとするか」

踵《きびす》を返してキッチンへ向かう。半年前まで、散らかりすぎて食材の墓場になっていたそこは、今は見違えるように綺麗になっている。物は整頓され、ピカピカになった家具たち。そして、物陰や隙間からこちらを窺ってくるもののけの視線。

以前の彼らは龍玄を訝しんで不必要には近寄ってこなかったのだが、瑠璃が住んでからはそれもなくなった。

そのことをほんのりと喜びながら棚の中を探る。

「茶葉はどこだ？」

あまり散らかすと瑠璃に面倒をかけてしまう。なので、簡単に用意できるものだけで済ませることにした。

やかんで湯を沸かしながら、きょろきょろしていると、数匹のもののけ達がこっちこっちと指をさす。示された先に茶筒があった。

中に入っていた小分けされたパックを一つ掴み、急須に入れてお湯を注ぐ。その間、メモ用紙に鉛筆を買い足してほしい旨を書き記した。

湯呑みを二つ取り出して茶を注ぎ、盆に載せて瑠璃の部屋まで運んだ。

途端にもののけ達が慌ただしくなって再び龍玄を足止めしてくるが、龍玄は微笑んで首を振った。

「中には入らない。ここに置いておくのは問題ないだろう？」

もののけ達を蹴らないように気をつけつつ、瑠璃の部屋の入り口にお茶とメモを置く。あちこちでごそごそしているもののけ達を見ながら部屋に戻り、椅子に座って一息つく。

そうして湯気の立つ湯呑みに口をつけた瞬間、龍玄は目を見開いた。

「なっ……！」

慌てて立ち上がると、すぐさま瑠璃の部屋にとんぼ返りをする。しかし、もののけ達が知らせたのか、部屋の前に置いたはずの盆がすでにない。

「瑠璃、入っていいか⁉」

「はい。どうぞ」

ノックもそこそこに扉を開けたところで、龍玄は部屋中にいるもののけに目くじらを立てた。座っている彼女の頭や肩、膝の上にまでこんもりもののけ達が引っ付いている。

「こんなに集まって、お前達のほうが瑠璃の邪魔して……」

そこまで言ったところで、瑠璃が湯呑みを手にしているのが視界に入った。

どうしてこの部屋に来たのかを思い出して、慌てて龍玄は湯呑みを奪おうと手を伸ばす。

「飲んだらダメだ、それは――」

「美味しいですね、お出汁」

だが、止めようとしたのと同時に瑠璃に嬉しそうに微笑まれてしまい、龍玄はがくりと腕を落とした。

言い訳してももう無理だろう。いまだに自分の口の中にも残るしょっぱさを味わう。

「……茶を淹《い》れようと思ったんだがな」

「ちょうどお腹が空いていたので、お出汁をくれたんだと思っていました」

「そんなわけあるか。キッチンにいたもののけ達にそそのかされて……あいつらただじゃおかない」

つまりは、もののけ達が示したのは茶筒ではなく、出汁パックのストックだったということだ。自分が場所を把握していなかったのが原因とはいえあんまりだろう、と龍玄は眉根を寄せる。

そんな龍玄に向かって、必死にこらえていた様子の瑠璃が噴き出した。

「でも嬉しいです。お茶でもお出汁でも、先生が淹《い》れてくれたから」

そう微笑んでから、瑠璃がぽんと手を叩く。

「絵を描いていたら、お腹が空いちゃいました。先生、お茶漬けを一緒に食べませんか？」

「俺は……」

断ろうとしたところで、瑠璃にキラキラした目で見つめられ言葉に詰まった。

「……ちょうど出汁もあることだし、一口食べようか」

「やった！　すぐに二人分用意しますね！」

立ち上がった瑠璃の後ろに、もののけの山がこんもり出来上がっている。まるで瑠璃の作品を見せまいと、必死に壁を作っているようだ。

見ないよと肩をすくめて、龍玄はすぐに廊下へ向き直る。

「お茶漬けのもとは、たしか明太子とワサビ味があったような。先生はどっちを食べますか？」

「ワサビにする」

嬉しそうに笑っている姿を見て、龍玄はホッと胸をなでおろした。

長い間悩んでいたようだが、どうやら彼女も着々と前に進んでいるらしい。

それから、出汁で作ったお茶漬けが思いのほか美味しくて、龍玄も瑠璃もがっつり食べてしまっていた。

＊

瑠璃の描いている作品は、着実に完成に近づいていた。季節は七月に入り、日々暑さと雨量が増している。

あと一週間と少し経てば、タイムリミットの搬入日がやってくる。焦ることはしないが、できるかぎり急いで筆を進めていた。

それと同時進行で着手していたことがある。茜に頼まれていた楽しく絵を描くきっかけになるような道具の相談だ。

瑠璃はその日、茜の職場に向かっていた。

ステンシルを勧めてみようと、わかりやすくまとめた資料を持参している。

「これが役に立ってくれるといいなぁ……」

『きっと、喜んでくれるって。自信持ち』

ついて来てくれたフクに言われて、瑠璃はうんと頷く。

「試してみたけれど、ステンシルってけっこう楽しかったし簡単にできたから」

他にもたくさん道具や技法はあったのだが、瑠璃は結局、可愛らしいステンシルに惹かれたのだ。

さっそく説明をしようと茜を誘ったのだが、欠勤者がいるらしくてしばらく仕事を抜ける余裕がないらしい。

休憩中に会えると言われ、どこかで待ち合わせする時間さえ惜しくて、瑠璃はバスを乗り継いで茜の職場まで出向いた。

文房具屋の奥さんから譲ってもらったサンプルや、カフェでもらったコースターも持ってきている。いい結果になることを祈りながら、施設のインターホンを押そうとしたところ、明るい声が聞こえてきた。

「瑠璃ちゃーん！」

真っ白な建物を見上げると、窓から茜が元気よく手を振っている。瑠璃が手を上げると「待ってて、行くから！」と大きなジェスチャーとともに言われる。

その場で待機していると、茜が中から飛び出してきて瑠璃を迎え入れてくれた。

「来てくれてありがとう！　ごめんね、仕事抜けられなくて」

忙しいのか、髪や服装はどこか崩れているが、弾けるような明るい笑顔だ。瑠璃は慌てて頭を下げた。

「休憩時間にすみません」

「いいのいいの、ほんっとありがと！　中入って！」

サロンになっている場所に連れられ、座って待っていると、茜がミルクティーを持ってきてくれた。

「ありがとうございます！」

「こちらこそ。それで、さっそく話を聞かせてもらえたら嬉しいんだけど」

そう言われて瑠璃が鞄からファイルを取り出すと、茜は目を丸くした。

「こんなに丁寧にまとめてくれたの⁉」

大きな声に他の職員や入所者の視線が茜に集中する。しかし茜はそれを気にすることなく、印刷した資料をぺらぺらめくって瞳を輝かせていた。たしかにこれならできるかも、と茜は頷いている。

「実物を見たほうがいいと思って、サンプルをもらったので持ってきたんです」

瑠璃は紙袋から道具類を取り出した。

「何からなにまで……なんてお礼を言ったらいいんだろう」

「いいえ、私もすごく楽しかったんです」

瑠璃は感動しっぱなしの茜に見せるように、卓上にステンシルのシートや絵の具、筆やスポンジやスタンプ台を説明しながら慌てて広げた。

「私も試してみたんですが、スポンジが使いやすかったです」

瑠璃の説明に茜も絵を描くモードにスイッチしたのか、真剣な表情で道具を眺め始める。

「そっか、筆だと持って何かをするのが難しい人もいるけれど、スポンジだったらもっと簡単ね」

「そうなんです。それで、これを使うとさらに楽になりそうで……」

言いながら瑠璃はスタンプ台をポンポンと紙に直接当てる。

「これには元々インクがついています。なので、使う道具が少なくて済みますし、なによりスタンプ台をそのままシートの上でトントンすれば手も汚れにくいです」

「すっごい良いアイデア！」

うずうずしている茜に、瑠璃はスケッチブックを取り出して白紙のページを差し出す。

「茜さんも試してみます？」

「いいの⁉　する！」

腕まくりすると、茜はサンプルのシートを一枚選んでスタンプ台を上からポンポン押し当て始める。あっという間に、紙面上に可愛いアヒルが登場した。思わず二人の顔がほころぶ。

「これだったらすぐできるし、スタンプの色がいっぱいあって目も楽しい。しかもこんなにきれいに絵が描けた！」

喜んでいる茜の姿に、あちこちから人が集まってきた。興味深そうにみんな覗き込んでくる。

「ねぇ見て見て！　すごく可愛くできたと思わない⁉」

近寄ってきた職員に、茜は今しがたステンシルし終えたオレンジ色のアヒルを見せた。

「可愛いわね。もしかして、入所者さんたちに？」

「そう。これだったら、施設のクラブ活動で取り入れてもいいわよね？」

「そうね、簡単にできそうだし、喜ぶ方も多そう」

茜は嬉しそうに話を弾ませている。瑠璃はそんな彼女の姿を見ながら、喜んでくれてよかったなと胸を撫で下ろした。

「こちらの絵描き友達の瑠璃ちゃんが、一生懸命考えてくれたの。無理なお願いをしたのに親切にしてくれたんだ」

急に話を振られた瑠璃はびっくりして肩を震わせた。その反応にあちこちから笑い声が漏れる。

瑠璃は咳払いをして、慌てて卓上のものを示した。

「サンプルをぜひお使いください。事情を説明したら、奥さん——文房具店の知り合いの方が揃えてくれたんです」

するとと茜の目がウルウルし始め、瑠璃の両手をガシッと握った。

「ありがとう瑠璃ちゃん。大事に使わせてもらう。そのお知り合いの方にも、お礼を言わなくちゃ！」

「親切にしてもらったお返しにほかの人に親切にすれば、優しさが広がるってその奥さんが教えてくれたんです」

だから奥さんは快くサンプルをくれたし、瑠璃は茜のために一生懸命になれた。そして今度は茜から、いっぱい優しさが広がっていけばいい。

瑠璃がそう言って微笑むと、茜は任せておいて！　と胸を張った。

結局、茜が企画主任になって、ステンシルの件を進めるということでまとまったようだ。周囲が仕事に戻っていくと、見計らったように茜は身を乗り出してきた。

「瑠璃ちゃんは、出品作品はどう？　いい感じに進められている？」

「そうだ！　茜さんにもぜひ進捗を見てもらいたくて」

瑠璃は写真に撮ってきた自分の作品の画像を彼女に見せる。どう思われるかドキドキしながら反応を待っていると、画面を凝視していた茜の目元が緩んでいく。

「……とっても良くなったね、瑠璃ちゃん」

「ほんとですか？」

「うん。なんていうかこう……あったかい」

それは、今まで言われたことがない褒め言葉だった。

神経質なまでに完璧な線は、無機質な印象をもたらすからだろう。瑠璃の作品は、いつも写真のような正確な描写だけを褒められてきた。

だからこそ茜の感想がとても嬉しい。

「完成までもう少しなんですが、頑張ってみます」

「見せてくれてありがとう。すごく勇気が出た」

ちなみに、と茜は瑠璃に顔を寄せてくる。

「瑠璃ちゃんの『大事なもの』が、画面に詰まっているってことでいいんだよね？」

「はい。愛しい日々を描こうって思ったので」

「そっか。いい絵だと思うよ」

やわらかく包み込むような茜の笑顔を見られたことが、今日一番の成果だ。また今度ゆっくり話すことを約束し、休憩が終わってしまう茜と別れた。

玄関口から外を見るとしとしと雨が降っている。

来る時は降っておらず傘を持っていなかった瑠璃は、入り口手前で立ち止まる。

バスが来るまで十分ほど。たとえ雨がやまなかったとしても、停車場はすぐ近くなので走っていけばびしょ濡れになることはないだろう。

ええいと思い切って足を踏み出そうとした時だ。

「……たぶん、すぐやみますよ」

声をかけられて、瑠璃は隣に人が来たことに気がついた。杖を持った老婦人が、瑠璃と同じように外の様子を眺めて立ち止まっている。

言われて空を見上げてみると、たしかに雲の流れは速いし、遠くには青空が見える。

瑠璃は飛び出そうとした足を止めて、老婦人に向き直った。

「教えてくださってありがとうございます！　バスを待つ間、ここで雨宿りさせてもらいます」

「あなたはお見舞いにいらしたの？」

瑠璃の言葉に頷いてから、老婦人が首をかしげた。訊ねられて瑠璃は首を横に振る。

「ここで友人が働いているんです。彼女に届け物があって来ました」

「あらあら、優しいのね」

微笑む姿からは、穏やかそうな空気が伝わってくる。その雰囲気がいつも話している奥さんに似ていて、瑠璃はつい、言葉を続けてしまった。

「こちらで過ごされている方が楽しめるような、絵を描く道具がないかって相談されたんです」

瑠璃が切り出すと、老婦人は「へえ」と興味深そうだ。

「そうだったのね。お嬢さんは、美術関係のお仕事をされているの？」

「画家の先生のところでお手伝いをしています。元々は絵を描くのが好きで、美大に通っていたんです」

「絵の専門家なのね」

「そういうわけじゃないんですけど……」

少し前までの自分を思い出して、ややいたたまれない気持ちで瑠璃が身を竦めると、老婦人がため息をついた。

「私もね、昔は絵を描くのが好きだったのよ」

過去形で紡がれた言葉に、瑠璃は思わずじっと彼女の横顔を見つめた。

「もう描くことはなさらないんですか？」

老婦人は首を横に小さく振り、再びため息を落とした。

「利き手が動かしにくくなって。筆を持つのが億劫になってしまったの」

健康だった時と同じような線を描けないと呟く姿からは、なんとも言えない哀愁が漂っている。

「今まで通りじゃない自分を目の当たりにすると、かえってストレスになっちゃってね。当たり前にできていたことができなくなってしまったから」

「それは、おつらいですね」

「ええ。日常のなんでもない瞬間が、どれだけ大事かって思い知らされたわ」

ドクン、と瑠璃の胸が脈打つ。

「失って初めて気がつくなんて愚かだと思ったけれど、でも普通に暮らしていたら、忙しすぎて日々に感謝する暇なんて滅多にないでしょう?」

思い当たる節がありすぎて、瑠璃は一瞬息が詰まった。

働いていた時は、あっという間に過ぎていく一日に目が回るだけだった。小さな幸せを見つけることさえできず、心に余裕の少しもなかったあの頃。

「リハビリを頑張りたくてここにも通っているけれど、やっぱり前みたいに細かい線を描くのは無理そうなのよ」

老婦人の声には張りがない。悲しさと切なさが入り交じっていた。

「……以前は外に描きに行っていたのにね……」

そうぽつりと雨粒が落ちる音よりも小さく呟いたのを聞き、瑠璃は老婦人の横顔を凝視した。

もしかして、茜と一緒に写生をしていたのは目の前にたたずんでいる彼女ではないだろうか。そんな疑問と確信が同時に頭をよぎっていく。

「あ、あの……」

声をかけたのだが、緊張して想像以上に掠れてしまった。

落ち着いてもう一度話そうとしたが、フクに『もうすぐバス来るで』と言われてしまう。瑠璃は茜のことを話すのをやめた。

「奥様は、ステンシルという技法をご存じですか？」

「聞いたことないわねぇ」

瑠璃は紙袋の中からサンプルの紙を取り出す。

「型を抜いたシートを使って、こんなふうに模様を描いていくんです」

「やったことがないわ。それがどうしたの？」

少し説明しようとしたが、どうやらバスが定刻より早く到着したらしい。ウインカーのオレンジ色のランプが光るのが見える。

「ここにいる友人に、道具と説明書きを渡してきたんです。よかったら、試してみてください」

老婦人は少し考えたあと、不思議そうにこくりと頷いた。

「楽しんでもらえたら嬉しいです……すみません、バスが来ちゃったので行かないと」

「あら、早く行ってちょうだい。置いていかれてしまうわ」

「お話しできてよかったです。ありがとうございました！」

深々と頭を下げてから、瑠璃は急いで施設を飛び出した。

発車しそうになっていたバスに「乗ります！」と手を上げると、運転手が気づいてくれる。

慌てて乗り込み、席に座って一息つく。車内アナウンスとともに、扉が閉まる音が聞こえて車が走り始めた。

窓から施設を振り返ると、あの老婦人がまだ玄関に立っていた。瑠璃が手を振ると、笑顔で振り返してくれる。

――すると、ハッとしたように彼女が何かを指さした。

指さされたほうを向くと、空に大きな虹がかかっている。

「わあっ……！」

教えてくれた礼を言おうと施設に向き直ったが、すでに遠く離れてしまっていた。

（……茜さんも、さっきのお婆ちゃんも、素敵な時間を過ごせますように）

やんわりと浮かんでいた虹は、バスが角を曲がるまでずっと見えていた。

その日の夜、瑠璃は作品に最後の一筆《ひとふで》を描き入れた。

「――……できた……」

慎重に筆を画面から離すと、瑠璃は立ち上がって真上から作品を覗き込む。このひと月半、悩み迷い、そしてたくさんの声援と気づきを得て描いた、自らの作品だ。

納得のいく出来栄えに一人頷こうとして……部屋中にどっと溢れた歓声に一人ではなかったことに気づいた。

『瑠璃、完成したんか！』

ここ最近で一番嬉しそうな桔梗の声に、瑠璃は「うん！」と答える。

『おおお、ええやん！　素晴らしい作品や！』

フクの声は、感動しているのか心なしか震えているようだ。

瑠璃は急に疲れが押し寄せてきて、ベッドにへたり込んだ。緑青と伍も来たのか、みんなが作品歓声を祝ってくれる声が絶え間なく瑠璃の耳に届く。

「みんな、ありがとう。見守ってくれていて」

カーテンの隙間は、ほんのりと明るい。集中していたのでわからなかったが、もう朝が近いのだろう。瑠璃はベッドに倒れ込むと、息を大きく吐き出す。

「ちょっと寝るから、起こして……」

呟いた直後には、すでに夢の中に入っていた。

もののけ達は、瑠璃がここ最近ずっと、楽しそうにしながらも根を詰めていたと知っている。

彼女の寝顔を覗くようにみんなわらわらとベッドにやってきては、一匹また一匹と一緒になって布団の上で寝始めた。

『お疲れさん、瑠璃ちゃん。めちゃくちゃええもん見せてもらったわ』

緑青の声に、ププと伍が同意して鳴く。二人もやがて瑠璃のベッドの上に寝そべると、一緒になってすうやすうやと寝息を立てたのだった。

＊

数日後、瑠璃は忘れ物がないか再度玄関でチェックしていた。今日は、市美展の作品搬入日だ。

前日にもきちんと確認したのだが、万が一のことがあってはいけない。

「絵も梱包したし、金具も付けたし、裏に出品票も貼った。うん、これで大丈夫！」

『忘れたらまた取りに来たらええやろ』

『せやせや。遠ないしな』

「二度手間になっちゃうじゃない」

桔梗とフクにそれぞれ言われながら、念のため金具の予備を鞄に入れてやっと靴を履く。

見送りに来た龍玄が、瑠璃の姿を見て眩しそうに目を細めた。

「準備はばっちりか？」

「はい。心配症すぎると桔梗とフクに言われましたが」

「しすぎるに越したことはないさ。気をつけていっておいで」

「行ってまいります」

瑠璃は梱包した絵を脇に抱え込んで、家を出た。

実は、搬入にはタクシーを呼ぶと龍玄が言ってくれていたのだが、それは辞退した。自分で持っていくと初めから決めていたからだ。運よく雨も降っていないので、濡れる心配もない。

目的地に到着すると、すでに多くの人々が作品を運び入れていた。

「すごいわ、大きい作品もたくさん」

絵だけではなく、彫刻や立体作品もある。美大時代の学祭のような賑やかさを感じて、自然と瑠璃の心がウキウキし始める。

（楽しみだな。きっといい思い出になるはず）

瑠璃は出品受付と搬入作業を手伝い、それが終わるとまたバスに乗って帰路につく。途中で思い立って、瑠璃はいつもより手前のバス停で下りて、母に電話をした。

「もしもし、お母さん。あのね、無事に作品を出品することができたの」

電話越しに母がホッとしているのが伝わってくる。そのまま話が弾んで、ゆっくり歩きながら瑠璃は現状を伝えた。この後、まずは審査が行われて、結果が出てから一般の観覧ができるようになる。

『それで、納得できる作品にできたの？』

「うん。日々の風景を描いてみたんだ」

『楽しみにしているわ。観に行くからね』

また展示会場で会うことを約束し、終了ボタンを押したところで雨が降ってきた。

「やだ、お洗濯干してきちゃった！」

通り雨かもしれないが、雨脚が強い。ひとまず道沿いの家の軒下に入って、弱まるのを待った。

「どうしよう、先生に電話したら出るかしら……？」

洗濯物が心配だ。しかし、緑青がフクと一緒に庭で踊っている風景を想像して、瑠璃は一人でクスッと笑ってしまった。そろそろ退院できるということなので、もののけ達の声援を聞くのもきっと終いに近づいてくるに違いない。

そのことに少しだけ寂しさを感じながら、瑠璃が薄暗い雲から降ってくる雨をしばらく見上げていた時だった。

「――瑠璃」

急に声をかけられて、大きく肩を震わせる。

視線を動かすと、なんと目の前に龍玄が立っていた。

「えっ、先生!?」

「なんだその、幽霊でも見たような顔は」

「だ、だって……どうされたんですか？」

「迎えに来たんだ。雨が降ってきたから。君は傘を持っていかなかっただろう？」

龍玄の優しさが心に沁みる。嬉しくて笑みが漏れたところで、彼は微妙な表情になった。

「……だが、慌てて出てきたせいで、瑠璃のぶんの傘を持ってくるのを忘れてしまったんだ」

どうしようもないな、と龍玄はぶすっとして肩を落とした。

「先生らしいです」

「褒め言葉として受け取っておこう」

龍玄が微笑みながら、傘を傾けてくれる。一歩前に踏み出して瑠璃はありがたくその中に入った。

しばしそのまま歩みを続ける。雨の中がやけに静かで、うまく言葉にできないままでいると、瑠璃はあることに気がついた。

「せ、先生のほうに傘を傾けてください。私は濡れても大丈夫です」

なんと、龍玄の肩がびっしょり濡れてしまっていた。

慌てて持ち手を彼のほうに押すが、容易くかわされてしまう。

「瑠璃に風邪を引かれたら困るんだ。嫌じゃなければもっと近寄ってくれ」

嫌なわけがないじゃないかと、瑠璃は「お邪魔します」と言いながらもう少しだけ距離を詰めた。

だが、近すぎる距離にどうも居心地が悪い。沈黙も相まって、間に耐えきれなくなってしまった。

「帰ったら温かい飲み物を淹《い》れるので、先生も一緒に休憩しませんか？」

「ああ。もののけの嫌いな茶が飲みたい」

冗談めかした言葉を、瑠璃は笑顔で承諾した。

それからはゆっくりと会話が続き、雨に濡れて肌寒かったけれど楽しい時間になった。ついでに、出迎えてくれたもののけ達の『おかえり！』という合唱で心が温まる。

「ただいまみんな」

姿は見えないが、たくさん玄関に押し寄せてきてくれたのが声でわかる。

靴を脱いでいると、横から龍玄の棘のある声が聞こえてきた。

「こら、緑青。庭で遊んだらきちんと身体を拭いてから中に上がってこいと、あれほど言ったのに！」

どうやら緑青は、ずぶ濡れで遊んでいたらしい。

『タオルでぞんざいに身体中を拭かれる運命やな、あの河童《かっぱ》は』

桔梗の呆れ声が聞こえてきてすぐに、龍玄がバスタオルを持って廊下をのしのし歩いていく。

それから、龍玄と緑青との言い争いが聞こえてきて瑠璃は笑ってしまった。

『だーかーら、もう少しいたわりと優しさを持って拭いてくれへんの⁉』

「文句を言っても無駄だからな。俺にはお前達の声は聞こえない」

それは瑠璃に言えといつもの台詞を吐きながら、龍玄は緑青をごしごし拭いているようだ。

賑やかな声を聞きながら、瑠璃は珈琲《コーヒー》を用意する。今日もこのお屋敷は賑やかで瑠璃は気持ちがほっこりするのだった。


それから五日後──

完成して額装を頼んでいた、龍玄のオーダー作品が家に戻ってきた。

瑠璃は、厳重に梱包されたそれを受け取って彼に渡す。額装の出来栄えを細かく確認するために、龍玄はすぐに自室に下がった。

額装してもらっていたのは、荒木へ納品する作品だ。

傷や不手際がないか、丁寧にチェックし終わった龍玄がキッチンに顔を出す。オーケーを出されたので、瑠璃は待ってましたと言わんばかりにすぐに仲介者の竹中に電話をした。

作品が出来上がったことを知らせると、電話越しでもわかるくらいに喜んでいるのが伝わってくる。

……実は、今回の作品は瑠璃もまだ見ていない。

お互いに描いているものを秘密にしていたのもあるが、龍玄に「出来上がるまでのお楽しみだ」とずっと言われていたからだ。

「思いのほか、額装が早く仕上がってよかったですね」

「小さいからな」

珍しく龍玄の今回の作品は小さい。今までも小型の品はあったが、ここまで小ぶりなのは初めて見た。もっと大きいサイズを納品すると想像していたので、とても新鮮だ。

「さて問題は、これを気に入ってくれるかどうかというところで……」

龍玄は顎に手を当てながら、珍しく落ち着かない様子だ。

「竹中さんにはお知らせしたので、荒木さんに連絡がつけば、すぐにでも電話が来ると思います。そうしたら早めに画廊へ納品に行きましょう！」

そんな話をしていると、黒電話のもののけが『電話が鳴るでー！』と教えてくれる。

その二秒後に予告通り電話がジリジリ鳴った。

「噂をすればなんとやら、ですね！」

瑠璃が受話器を取ると、竹中からだった。

「先生、荒木さんもすぐに来られるということで……今日の午後に納品はいかがですかって。どうされますか？」

「そうしよう。画廊に伺うと伝えてくれ」

自らの手で荒木に納品するらしい。瑠璃はすぐに竹中に伝えてから電話を切った。

「楽しみにしているそうですよ。先生、今から準備しなくっちゃですね」

幸いなことに、無精髭《ひげ》は剃ったばかりで生えていない。長い髪の毛は括《くく》ってしまえばいい。

瑠璃の視線を見て、龍玄がふっと微笑んだ。

「じゃあ、帯を結んでくれるかい？」

「もちろんです」

すぐに瑠璃も支度を済ませ、その間に龍玄は作務衣《さむえ》から着物に着替えていた。瑠璃は龍玄の部屋に入り、着物に合う帯を選ぶ。

「そういえば、先生は兵児帯《へこおび》って持っていらっしゃいます？」

「ああ、たしかあったような……なぜだ？」

瑠璃は選んだ帯を結び、形をしっかり整えながら、龍玄を見上げた。

「そろそろ、緑青の退院祝いをしなくちゃと思っていまして」

「花火か」

「ええ。私も浴衣を着るので、先生もよかったら一緒にどうですか？」

少し早いが、日に日に暑くなっているので浴衣も兵児帯《へこおび》も問題ない。それに、祭りに出かけるわけではなく、花火をするのは庭なのだ。

瑠璃の提案に龍玄はふと顔を緩めた。

「そうだな。それはさすがに一人で結べるからな」

「あはは。できなくっても、私がしますよ」

結び終わった帯を確認してもらい、後ろに回す。トントンと再度形を整えると、格好よく仕上がっていた。

いよいよ龍玄の作品――しかも新作が見られるとなって、瑠璃の心臓は高鳴り続けている。

「どうしましょう先生。胸がドキドキしっぱなしです」

「瑠璃に作品を見せるのも初めてだからな。実を言えば、俺もけっこう心配している」

タクシーに乗り込んで呟くと、龍玄が俯く。その珍しい発言に、瑠璃は彼の横顔を覗き込んだ。肘をついたまま外を見ている姿は、言われてみればどことなくせわしなさがあるようにも見える。

心配そうにしている瑠璃に気がつき、龍玄は眉を上げた。

「まあ、結果はすぐわかる」

車だと十分もしないうちに画廊に到着してしまう。タクシーから降りると、長谷が店の入り口で待ってくれていた。

「先生、瑠璃ちゃん。わざわざご足労いただきありがとうございます」

楽しみなのだろう。長谷はすでに頬を上気させて、いつも以上に元気よく挨拶する。

「荒木さんも中でお待ちですよ。どうぞどうぞ！」

龍玄に続いて瑠璃も中に入る。籐で編まれた椅子に座って、二人のオシャレな老紳士が雑談をしているのが目に入った。

龍玄に気がつくなり、竹中が立ち上がって破顔する。荒木は途端に緊張したように身体を硬くして、深々と頭を下げた。

みんながソワソワする中、丁寧に挨拶をしながら龍玄が作品を荒木に渡す。それを受け取るなり、荒木はぐっと唇を噛みしめたまま何度も頷いていた。

「竹中君のおかげで、龍玄先生に依頼をすることができて……先生も快く引き受けてくれて……」

「いいから早く開けてくれって。見たくてもう発作が起きそうなんだよ」

茶化しながら、竹中が急かす。

「わかった、待ってくれ。手が震えてしまって」

瑠璃と長谷は、一歩下がったところでそんな様子を見ていた。遠慮している二人に気がついた竹中が手招きしてくれる。長谷とともに瑠璃も机に近寄った。

外箱を開けて、さらに慎重に梱包を解くと、真四角の画面が現れる。

「すごい――……！」

声を発した荒木の瞳が、みるみる笑顔の形に変わっていく。

瑠璃も画面を覗き込んで、両手で口元を覆った。

「またこれは可愛らしいのを描きましたね、龍玄先生」

ニヤリと、竹中はしたり顔になった。

「めっちゃイイですね！　初めてですよ先生のこんな作品見るの！」

長谷は眉毛を八の字にしながら、こらえきれずに興奮している。

（なんて素敵な絵を描いたんだろう……！）

瑠璃は画面を見つめたまま、いつの間にか笑顔になっていた。

——そこに描かれていたのは、ナポリタンを食べる河童《かっぱ》と窮鼠の姿だった。

三十センチ四方の四角形の中で、口元にケチャップをつけながら美味しそうに頬張っている、可愛いもののけ達。

依頼主である荒木は、あまりにも嬉しかったのか感動して目に涙をためていた。

「龍玄先生、なんとお礼を言っていいのやら……」

再度頭を下げられて、龍玄は丁寧にお辞儀を返した。

「ご依頼いただき感謝しております」

短いが、心のこもった言葉が龍玄の唇から紡がれる。

「先生は、いったいどんな心境でこのような作品を？」

竹中が興味津々といった様子で訊ねてきて、龍玄はひょいと肩をすくませた。

「荒木さんのお店に、こんな生き物がいそうだなと思いまして」

言いながら、龍玄の手がぽんと瑠璃の背中に優しく触れてきた。大きな手のひらから伝わる温もりに、瑠璃は小さく頷く。

「うちの店に、本物のもののけが来てくれるなんて。本当に嬉しいです」

大事に飾りますと満足そうにしている荒木の姿に、龍玄はやっと安心したように口の端に笑みを乗せていた。

そうして無事に龍玄の作品がほかの人の手に渡っていく。もののけを愛する気持ちが詰まった作品には、この先たくさんの人ももののけも魅了されることだろう。荒木のカフェに人以外の生き物たちが押し寄せるのは、そう遠くない未来の話のような気がしていた。

無事に納品が済むと、老紳士たちに見送られながら瑠璃と龍玄は画廊を出た。

「タクシー呼びましたよ。すぐに来てくれるそうです」

外まで見送りに出てきてくれた長谷が、腕時計をちらりと見る。

「すぐって言ったから、二分くらいですかね」

「長谷さん、ありがとうございます」

「いえいえ。今日はいいもの見せてもらって俺も得しました。いやあ、生きててよかった！」

「長谷は相変わらず大げさすぎる」

龍玄は眉をひそめたが、いまだに興奮が冷めない様子の長谷は、そのあともマシンガントークで先ほどの作品を褒めちぎっていた。

そうこうしているうちに、一本道の奥からタクシーが曲がってこちらに向かってくるのが見える。予約の文字が光っているから、長谷が呼んだ車両だろう。

「ああそうだ、忘れるところだった。長谷」

龍玄に名前を呼ばれると、彼は得意なおしゃべりをピタッと止めた。

「手を出せ」

「はい？　食べ終わったガムを捨てておけとかなら、丁重にお断り――」

「いいから、さっさと手を出せ」

口調に気圧されて長谷は両手を出す。龍玄は胸元に手を入れて、何重にも重ねた懐紙の束を取り出して渡した。

「えっ……これっ⁉」

「なんですか、これ？　やっぱりガムとかじゃ」

長谷は目を白黒させながら、分厚いそれを開ける。

訝しんでいた長谷の眉毛がみるみる八の字になり、顔だけでなく耳まで真っ赤に染まっていく。

「いいんですか、先生――……！」

飛びつかんばかりの長谷をひょいと避けながら、龍玄は悪戯《いたずら》っぽく笑う。

「まさか、お、俺のために……⁉」

「瑠璃が世話になったからな」

長谷は手元を見つめたまま、信じられないという表情で固まっている。

「先生、タクシーが来ましたけど」

そこまで言ってから、震え始めた長谷に気がついた瑠璃は運転手に少しだけ待つように伝える。

真っ赤になっている長谷に近寄ると、彼は目を潤ませながら手元の懐紙を瑠璃に見せてくれた。

「……わあっ！」

束の中には一枚だけ別の紙があった。入れられていた和紙には、デフォルメされた丸っこい河童《かっぱ》の姿が描かれている。

「名刺にでも印刷して使うといい」

龍玄は言うなりタクシーに乗り込んでしまった。

「よかったですね、長谷さん！」

「瑠璃ちゃんのおかげだよ。ありがとう……こんなこと、夢みたいだ」

自分は何もしていないと伝えるより先に、車内から瑠璃を呼ぶ龍玄の声が聞こえてくる。

「長谷さん、また連絡しますから。名刺に印刷したら、新しいのをくださいね」

「もちろんだよ！」

あまり運転手を待たせても悪いので、挨拶もそこそこに瑠璃もタクシーに乗った。シートベルトを締めてから、再度窓の外から画廊を振り返る。長谷が大きく手を振っていて、曲がる直前にはお辞儀をしてくれたのが見えた。

「長谷さんも荒木さんも、とっても喜んでいましたね」

「安心したよ」

本当にホッとしたのか、龍玄は腕組みをしながら目をつぶっている。よっぽど緊張したのだろう。

「帰ったらお茶にしましょう。もののけの嫌いなお茶を淹《い》れます」

「濃いめで頼む」

「わかりました」

帰宅するなり、龍玄はすぐに髪の毛をわしゃわしゃ掻き混ぜて、普段着の着物に着替え直すために自室に下がっていく。

瑠璃もいつものエプロンを装着し、キッチンで珈琲《コーヒー》の準備を始めた。辺り一面に香りを広げながら、ポタポタとフィルターから抽出され始めた頃、龍玄は力が抜けたような様子で現れた。

「もうちょっとでできますから、待ってくださいね。そうだ、昨日クッキーを焼いたんですけれど、召し上がりますか？」

「ああ」

チョコレートを入れて焼いたクッキーを皿に載せて龍玄の手元に置く。

一枚は自分の手元に、そしてさらにもう一枚を別の皿に入れて龍玄の横のもののけ席に置いた。

その時、すっと龍玄の手が伸びてきて、瑠璃の指先に触れる。まさか画廊に忘れ物をしたのかと思って驚くと、まっすぐ見つめてくる瞳と目が合った。

「……本当は、瑠璃の作品のほうがあの店に似合うと思っていた」

いきなりそんなことを言われて、瑠璃は文字通り飛び上がった。

「何をおっしゃるんですか。先生に依頼が来たんですから、先生の作品が一番いいに決まっています」

全力で否定すると、龍玄は首を横に振る。

「俺の作品が、飲食店に向いているとは到底思えなかったんだ」

そう言われて一瞬瑠璃は言葉に詰まった。

龍玄の絵画は美しく、瑠璃にとっては何物にも代えがたい。がしかし、飲食店に飾っておいて心地よいかと言われれば、少し違う。時としておどろおどろしい世界観を表現する龍玄の作品は、食欲よりも想像力を掻き立てるはずだ。

「だから、正直なところ依頼を断ろうと思っていたんだ。でも、そんなことをしたら、君も竹中さんもがっかりするだろうと想像がついた」

瑠璃は目を見開いた。

まさか、自分の心情をそこで慮《おもんぱか》られるなどとは思ってもみなかったのだ。

瑠璃の表情を見て、龍玄はふっと息を吐く。

「でもそのあとひどく後悔したよ。描けもしないのに、引き受けたことをな」

「そんな、後悔だなんて」

「君のスケッチのほうが、よっぽど飲食店には向いているし素敵だと思っていた。まあ、いわゆる嫉妬というやつかな」

「冗談を言わないでください。先生が私に嫉妬なんてありえません！」

龍玄はくすくす笑いながら瑠璃の手をぎゅっと強く握った。

「本当だ。俺から見ても、君の作品は美しい。比較するなと自分で言っておきながら、俺自身はちゃっかり君と自分との差を感じて焦っていた」

瑠璃は信じられなくて言葉を失う。龍玄は瑠璃の手に触れたままどこか弱々しい声で呟いた。

「それに、君は常に誰かに応援されているだろう。長谷や橋本さんだけでなく、家族や友人、もののけ達にまで……」

「そのことはとても感謝しています」

「俺は期待しかされないからな」

　龍玄の背負うプレッシャーは、とんでもないものなのだろう。期待以上を作り上げなければ、落胆されてしまうのだから。

「どうしたらいいのか悩んでいる時に、君が荒木さんの店に連れ出してくれたんだ」

「それは……先生と一緒に行きたかったからです」

「うん。助かったよ」

　微笑まれてしまい、どうしていいかわからない。困っていると龍玄に頭をポンポン撫でられた。

「俺のためを思って連れ出してくれた気持ちが嬉しかった。俺が悩んだところで、たいがいの人間は何もしてこないから」

　天才は悩まない。瑠璃だってそう思っていた。しかしそれは違うと気づかされ、相手を思う気持ちを周りのみんなが教えてくれた。

カフェに龍玄を連れ出そうとした時、桔梗が言っていた言葉を思い出す。

今まで天才の悩みに寄り添おうとする人間がいなかった――……と。

「俺のことを区別せずに、同じ視点に立とうとしてくれた」

「私は、何もしていません。でも……」

瑠璃はそこで言葉を切った。珈琲《コーヒー》は出来上がったらしく、キッチンは静寂に包まれている。

「嬉しいです。先生が、素敵な作品を描いてくれて。私、感動しました」

いつもと違う真四角の画面での制作は、龍玄にとっても新たな試みだっただろう。

さらに、いつものおどろおどろしい雰囲気ではなく、もののけ達の新たな側面を盛り込んだ。

きっと、喫茶店に来たお客さんが喜んでくれることは間違いない。今以上に龍玄の人気が出て、制作依頼や展示会の提案も増える予感がしていた。

「君のおかげで、鑑賞者のイメージができたんだ」

再度頭を撫でられて、瑠璃ははにかんだ。

龍玄をまともに見ることができず「珈琲《コーヒー》を用意しますね！」と握られっぱなしの手を引っ込める。準備が整うと、クッキーを頬張りながら一休みが始まる。

「……先生。さっき聞きそびれちゃったんですが、どんな鑑賞者のイメージが湧いたんですか？」

「君があの場所にいるイメージだ」

「えっ⁉　私ですか？」

そうだ、と大真面目に龍玄は頷く。瑠璃はぽかんと口を開けてしまった。

「君と一緒にあのカフェを訪れて、そこで俺の絵を見た君が笑顔になる。……そんな絵を描こうと思ったんだ」

（聞くんじゃなかったわ。なんかすごく恥ずかしい……！）

心臓がドッドッと早鐘を打っている。彼の力になれて嬉しい反面、恥ずかしさが込み上げる。

「あ、ありがとうございます。たしかに、お客さんが見たら思わず笑顔になってしまうような作品だと思います！」

しどろもどろになっているのを感づかれないように、必死に『お客さん』を強調する瑠璃に向かって、龍玄はなにやら意味深に笑った。

「客じゃなくて、瑠璃が笑う姿を想像したんだが」

（ああ、まずい……今日はなんか全部、先生のペースに呑まれっぱなしだわ）

落ち着くために珈琲《コーヒー》をごくごく飲んだ。しかし、濃いめに淹《い》れたはずだったのに、それほど苦さを感じない。瑠璃はぎゅっと唇を噛んでから、龍玄に向き直った。

「先生の作品が愛されるのは、見た人に優しさを思い出させてくれるからで……」

口を衝《つ》いて出た感想を止めることができず、瑠璃はそのまま続けた。

「愛情がにじみ出ているからだと思います」

「なんだ、それは」

龍玄は目を瞬かせながらも、照れ臭そうに笑った。

『——……相思相愛の溺愛やな』

『ごちそおさんでした、っちゅうやつやな』

今までずっと黙っていた桔梗とフクの声が突然聞こえてきて、瑠璃はびっくりした。

相思相愛と口の中で呟いたが、声に出さずに呑み込んだ。もののけ達の言い方は、まるで龍玄が自分のことを好いてくれているように感じてこそばゆい。

(私が先生のことを慕っているのは間違いないけれど……先生はそうじゃないと思うんだけどな)

あまりの恥ずかしさに瑠璃は立ち上がり、普段は付けないテレビの電源を入れた。

すると、天気予報が画面には表示されていた。

――近畿地方の梅雨明け。

瑠璃と龍玄の視線が画面に向く。それは緑青と伍との別れを意味していた。

第六章

例年よりもかなり早い七月中旬を目前に、近畿地方の梅雨明けが発表された。

朝食を作りながら、瑠璃は今日もラジオパーソナリティの青年の声に耳を澄ませていた。お天気コーナーいわく、いよいよ本格的な夏がやってくるとのことだ。瑠璃は気持ちを引きしめた。

どうしても、緑青と伍がここを去る前にやりたいことがあるのだ。

「まずはお庭の草むしりをしなきゃ」

誰もいない子ども用プールに話しかけるのも、これで最後になるだろう。そう思いながらビニールプールに視線を向けると緑青の声が上がる。

『ここのお庭は広いもんなあ。一人じゃ管理大変と違う?』

「そうでもないわ。桔梗やフクが一緒にいてくれるから、おしゃべりしながら作業できて楽しいの」

本当に一人きりだったらつらいが、話し相手がいればなんでも楽しい。それに、去年の荒れ放題な庭に比べたら、雑草抜きもすぐ終わってしまうに違いなかった。

「おはよう瑠璃。よく眠れたか？」

伸びをしながら、まだ眠そうな龍玄がキッチンに顔を出した。

「先生、おはようございます。たくさん寝ました。今日から梅雨が明けるそうです」

ずいぶん早いな、とぼそぼそ呟きながら龍玄は朝食の香りに鼻をくんくんさせた。

「珍しいな。洋食か？」

「ええ。ベーコンと目玉焼きです。ケチャップでまた絵を描いてって言われて」

そこまで話をしてから、以前、龍玄のオムライスにまでハートを描いてしまったことを思い出した。

「今日はハートじゃなくてお星様を描きますから！」

「別に、俺はハートでも星でもなんでもかまわんが……」

『「阿呆」って書いてやったらええんとちゃうか？』

頭上からは、桔梗のケタケタ笑う声が聞こえてくる。

「そ、それはさすがにちょっと……」

「桔梗。お前、朝から減らず口叩いてるな」

龍玄は不機嫌極まりない顔になると、瑠璃の頭上から桔梗を引っぺがしたようだ。

『痛い！　丁寧に扱わんかまったく！　伍には優しいのに、なんで私にだけ乱暴するかな⁉』

「いい加減、俺への悪口を慎んだらどうだ。それとも凶悪な顔をしたお前を絵に描いて、『阿呆家鳴《やな》り』と題名をつけてやろうか？」

『なんって、性格の悪い！　瑠璃、こんな奴に朝食出さなくてよろしい！』

なんとも言えないやり取りが始まってしまい、瑠璃はこらえきれずに噴き出した。

『相変わらず賑やかで仲良しでええのお』

緑青ののんびりした声が聞こえてくる。朝から今日も、このお屋敷はたくさんのもののけ達に囲まれて、二人きりなのに騒がしい。

瑠璃は微笑みながら、オムライスに描く柄を心に決めた。

「――で、星でもハートでもなく……結局、これに落ち着いたわけだな」

龍玄はふむふむと頷きながら、ニコニコマークが描かれた目玉焼きを見つめていた。

「笑顔が一番っていうことです」

『龍玄に笑顔は無理やな。いっつも鬼みたいな顔してるし』

さんざん髭《ひげ》を引っ張られた桔梗は、ふてくされたようでぶつくさ文句を言っている。

それに気がついたのか、龍玄はじろりと桔梗を見てからふんと鼻を鳴らした。

『にこにこ、美味しそぉ』

三皿目の目玉焼きに近寄ってきたのか、伍の声が卓上から聞こえてきた。

「伍はまたケチャップまみれになっちゃうかな？」

『そしたら、先生に拭いてもらうの』

可愛い返事に瑠璃は笑顔になる。龍玄にそのまま伝えると、仕方ないなと呟いていたがまんざらでもなさそうだった。

屋敷に来た当初は姿さえ見せなかった伍も、今ではすっかり龍玄に信頼を寄せているようだ。

スプーンを動かしつつ、瑠璃は気になっていたことを緑青に聞く。

「緑青はすぐ池に戻るの？」

『せやな、長居すると、このままずるずるここに居座ってしまいそうやし』

「だったら、一緒に今夜花火をしない？　退院祝いにどうかしら？」

『ええなあ、花火。しようしよう』

瑠璃の提案に、緑青や伍だけでなく他のもののけ達が騒《ざわ》めき始める。

途端に龍玄が眉をひそめたのを見るかぎり、宴会だ酒だとはしゃいでいる様子なのだろう。また縁側で酒を飲んで酔いつぶれ、鼻提灯を出している子が明日の朝には続出するのかもしれない。

『お兄ちゃんたちも誘っていい⁉』

伍の言葉にもちろんだと瑠璃は頷いた。

「決定ね。みんなで一緒に花火をしましょう。約束だからね」

そうと決まれば、昼間のうちにできることはすべて終わらせよう。いつも以上に気合いを入れて、その日の仕事に臨んだ。

そしてそれに加えて、少しだけ瑠璃は自分の部屋にこもることとなった。

＊

早めに夕食を済ませた瑠璃は部屋で浴衣を着ていた。絵の道具と一緒に、実家から持ってきたものだ。

『それは瑠璃のお気に入りの浴衣やないの』

幼い頃から一緒にいたフクが嬉しそうにしているのを感じ、瑠璃は頷いた。

「古典的だけどシンプルで気に入っているんだ」

今どきの華やかさはないが、レトロな菖蒲《あやめ》柄はこの時期にぴったりだ。半幅帯を締めて、くるりと回る。鏡の中の自分がいつもより楽しそうに見えて瑠璃はくすくすと笑ってしまった。

「花火楽しみね！」

小さい時に、家族揃って庭で花火をしたのをいまだに覚えている。あの瞬間も幸せだったが、今も幸せだ。

『瑠璃、そろそろ暗くなってきたで』

桔梗の声がして瑠璃は私室を出てキッチンへ向かった。

「あ、蚊取り線香も念のため……」

昔ながらの豚を象《かたど》った入れ物に蚊取り線香を入れて、縁側に持っていく。龍玄が座布団やバケツを用意し、蝋燭に火をつけて待ってくれていた。

テープで留められている花火をほぐし、まるで絵の道具のように几帳面に並べているのが彼らしい。

「おまたせしました。先生、これも近くに置いておきましょう」

「もう蚊の出る時期か」

蚊取り線香を受け取って、龍玄は近くにそれを置いた。

「緑青と伍は近くにいるの？」

ここだよ、と声が聞こえてくる。薄暗くなってきた静かな庭先では、その小さな声がよく聞こえた。

二人の姿が見えている龍玄は目を細めると、瑠璃に花火を選ぶように手で示した。

「始めるか。好きなのを選んでくれ」

細い手持ちがある花火を選び、瑠璃は蝋燭に先を近づけた。

シュッという音とともに、瑠璃の花火が緑色の光を放ち始める。

「わあきれい！　先生、早く早く！」

龍玄は適当に選んだ花火を手に持つと、瑠璃から火をもらった。途端に黄色い火花がパチパチ弾け飛ぶ。

『ええなあ、花火』

『すごい、きれいきれい！』

『この家で花火するの、初めてと違う？』

もののけたちのはしゃぐ声が賑やかだ。一本目の花火が終わりそうになると、すぐ次のに持ち替えながら火を絶やさないようにして楽しむ。時折、花火が減ったりあらぬところで火花が散るから、もののけ達も勝手に楽しんでいるに違いなかった。

「先生、もののけ達も喜んでいるみたいですね」

龍玄はしかし眉をムッと寄せた。

「宴会騒ぎはやめろと言ったんだがな」

「つまり、お酒を飲んで酔っ払っているもののけ達がいるということですね？」

「言わずもがな……桔梗とフクはすでに出来上がっている」

縁側で寝るから迷惑なんだと口を尖らせている龍玄を見て、瑠璃はくすくす笑ってしまった。

「ついでに緑青まで酒飲んで踊ってるんだから、なんなんだこの家は」

「いいじゃないですか、楽しくて。私には見えないですけど、ここで暮らしていると幸せな気持ちになります」

はあ、と息を吐くなり、龍玄は終わった花火を水に浸けて一休みを始める。

「瑠璃がそれでいいならかまわんが、酔っ払いもののけはダメだな」

「毎日とても楽しいですよ」

大声で騒いでいるもののけ達を一瞥すると、龍玄はふと優しい笑顔になった。

ぱあん、と最後に小さなロケット花火の火花が散り、一気に闇が深まった。辺りに満ちた火薬の匂いを吸い込んで、瑠璃は少しばかし肩を落とした。

一通り手持ち花火が終わってしまったのだ。もののけ達も満足げでありながら、どこか終わりを惜しむような声を上げている。

「あんなにたくさんあったのに、あっという間でしたね」

もっと楽しみたかった、と残念に思っていると龍玄がぽつりと呟いた。

「相対性理論だな」

「物理ですか？」

「楽しい時間はあっという間に過ぎていく。時間は平等に思えるが、実はそうじゃない」

なるほど、と瑠璃は終わってしまった花火を見つめた。龍玄は目を細めて瑠璃の姿を見てから、首をかしげた。

「瑠璃。そういえば、あれを渡さなくていいのか？」

「そうでした！」

「緑青も今ならまだべろんべろん一歩手前かもしれないし、伍は俺の膝の上だ」

先ほどから龍玄が動かない理由は、伍が膝の上でゆっくりしていたからのようだ。

瑠璃は、どうしても伍に甘い龍玄に微笑んでから、持ってきていた巾着を取り出した。

「緑青、ちょっとこっちに来られる？」

『ん？　なんや？』

瑠璃が巾着から取り出したのは小さなハンカチだ。

――そこには花火がステンシルされている。

「布用インクでステンシルしてみたの。これを、退院祝いにあげようと思って」

『えっ⁉』

「嫌だった？」

たいそう大きな声を出されてしまい、瑠璃は広げていたハンカチを引っ込めた。すると慌てたような声が続いた。

『ちゃうちゃう！　ちゃうで、驚いてしまって……ワシに？　ええの？』

「うん。陸に上がる時とか、足を拭くのにちょうどいいかなって」

『足なんて拭けへん……こんな可愛いのに』

きれいに畳んでから龍玄に渡してもらう。受け取った瞬間ハンカチは見えなくなったが、代わりに緑青の喜ぶ声が聞こえてきた。

「それから、伍にはこれを」

さらに瑠璃は花火柄の小さな寝袋を取り出して、龍玄の膝の上に載せた。

「お布団を作ったの。これにくるまって寝たら、ふわふわで気持ちがいいはずよ」

『僕にも……？　ありがとう』

伍のピューイーという喜ぶ声が聞こえてくる。

「さっそく中に入って寝ている。可愛いな」

瑠璃は以前から、サプライズで退院祝いを二人にあげようと考えていた。

今日はこれを作っている間もののけ達が入ってこないよう、龍玄に頼んで見張っていてもらったのだ。

「喜んでくれてよかった」

ホッとしていると、龍玄が隣から瑠璃を覗き込んできた。

「……さて。あとは残しておいた線香花火をして、そろそろ終わりにしようか」

見上げれば月がのぼっている。瑠璃は渡された花火を受け取った。

「もうすぐ夏ですね」

「そうだな。暑いのは苦手だ」

『毎年ぐでってるもんなぁ』

桔梗がくすくす笑う。見るからに龍玄は暑いのが苦手そうだ。

「線香花火って、感傷的になりません？　なぜかわからないですけれど……」

パチパチ弾けている間は美しいが、最後にポタッと落ちてしまうそれが妙に心に残る。

「そうか？　潔く終わって俺は好きだけどな」

「なるほど……そういう考えもありますね」

それでも瑠璃は、線香花火はきれいなぶんだけ寂しく思う。

金色の火花が散る様子を眺めながら、明日にはこの家を去っていくもののけ達にこれから先もたくさん幸せが待っていることを祈った。

「あとひと月もすると、今度は花火大会もあちこちで開かれますよね」

「そういう時期か。今年の盆は墓参りにも行かないと、弟にまたうるさく言われそうだ」

龍玄の心底嫌そうな表情からは、墓参りが嫌なのではなく、ガミガミされるのが鬱陶しいのだと想像がつく。

「夏が来ますね、先生」

瞬間。ポタ、と最後の線香花火が落ちていった――

『ええなあ、緑青と伍は』

花火の片付けを終えてキッチンで麦茶を飲んでいると、そんな桔梗の声が聞こえてきた。

『瑠璃からプレゼントもらって、ええなあ』

酔っ払っているのか、半分ろれつが回っていないようだ。龍玄が顔をしかめながら、ふらふらしているらしいもののけの姿をうろんな目で見つめている。

瑠璃はふふんと微笑んだ。

「そう言われると思って、実はみんなのぶんもあるの」

『ほんまに⁉』

瑠璃は自室にいったん戻ってから、畳んだいくつもの布を持ってくる。

「じゃーん。ステンシルが楽しくなっちゃって、いっぱい作ったの。みんなも欲しかったらどうぞ」

『やった！』

『もらうもらう！　ちょうど布が欲しかったんや』

『身体に巻いて服にしよかな。かわいい柄やし！』

喜ぶ声に瑠璃はニコニコしながらエプロンを取り出す。広げると、紐の先にも花火のステンシルがしてある。

「私もみんなとお揃いにしたくて、エプロンにステンシルしちゃった」

楽しそうにしている瑠璃の姿を、龍玄は温かい眼差しで見ていた。一通りもののけと話し終わった瑠璃は、今度は龍玄に向き直る。

「先生にもあるんですよ」

「俺に？」

瑠璃が取り出したのは、お菓子などの下に敷く敷紙だ。その端っこに気づかないくらいの大きさの花火のステンシルがされている。

「お茶の時に、これに載せて出しますね」

「ありがとう。明日から楽しみにしている」

「これからもよろしくお願いします！」

もちろんだ、と微笑んだ龍玄の笑顔は、見たことがないくらい優しかった。

＊

翌朝、緑青と伍は家を去る準備を終えた。

『あかん、飲みすぎてしもたわ……』

明け方近くまで飲んでいたという緑青は、二日酔いなのか頭が痛いらしい。龍玄いわく、完治したばかりのお皿を手のひらで撫で回しているそうだ。

その姿を想像すると微笑ましい気持ちでいっぱいになる。

「緑青のほうが、俺よりもよっぽどおっさんだな」

『おっさん言うたの根に持ってたのか、先生』

「俺は二日酔いにならない」

龍玄が言い放つのと、桔梗が『酒飲まないからやろ』とツッコむのが同時で、瑠璃はこらえきれずに大笑いしてしまった。

『ほな瑠璃ちゃん、ハンカチありがとお』

「どういたしまして。使ってね」

『大事にするわ』

緑青はよっぽど気に入ったのか、瑠璃が渡したそれをスカーフのように首に巻いているらしい。

『また遊びに来てもええ？』

「もちろん遊びに来て。あ、待って龍玄先生に聞いてみる」

見上げると、龍玄は渋い顔をした。

「また来るとか言ってるのか？」

「ダメですか？」

「瑠璃に迷惑をかけないというのならいい」

ぱあと瑠璃の表情が明るくなる。緑青がいるだろう空間に向かって「またいつでも遊びに来てね！」と伝えた。

「……あんまり頻繁に来るようなら、食費を頂戴するからな」

憎まれ口を言っているが、龍玄なりの優しさがこもっていた。

『瑠璃ちゃん、ありがとお』

伍は、背負っている風呂敷の中に、花火柄の寝袋をしまい込んだらしい。

いったい風呂敷の中がどうなっているのかわからないが、治療道具一式も入っているのだからすごい。

「伍もありがとう。また遊びに来てね」

プップッと声が耳の近くからしたから、今日は瑠璃の肩にいるようだ。

『ほな行くわ』

緑青の声がほんの少し遠いところから聞こえてくる。外玄関に向かって歩いていったのだろう。

「またね！」

『瑠璃ちゃん、僕もまた来るからねぇ』

うん、と笑顔で自分の肩を見た瑠璃は、そのあとで龍玄が目を真ん丸にしたのを目撃した。

「先生、どうしたんですかそんな顔をして……」

「おいこら伍！　誰が瑠璃の頬にキスなんかしていいと――」

『うふふふふ。またねぇ』

龍玄が「あ！」と手を伸ばすが、伍は瞬時に姿を消したらしい。

「逃げ足が速いな……」

ポリポリと頭を掻き、龍玄はため息をついて腕組みした。

『伍に先越されてしもたな、先生』

『そおやな。龍玄がもたもたしとるからや』

意味深なフクと桔梗の声に、瑠璃は首をかしげたのだった。

緑青と伍が去って、二日後のことだ。

雑草抜きを終えて一息ついていたところ、瑠璃の携帯電話の通知が鳴った。

「茜さんからだ」

届いたメッセージを見ると、彼女らしい文面が目に入ってくる。

「『瑠璃ちゃん、どうだった⁉』……っていうことは、市美展の結果が届いたのかしら？」

玄関まで行ってポストを確認したが、あいにく何も入っていない。つまり瑠璃は、受賞には至らなかったということだろう。

それでもちっとも悲しくないどころか、自分が思うようにやりきったことに満足していた。むしろ、賞について今の今まで忘れていたくらいだ。

「出品を決めた時は自信もなかったのに、すっかり気にならなくなっていたなんて不思議ね」

『ええやないの。それだけやるべきことに集中できたっちゅう証拠やな』

頭上の桔梗が、まるで我が子を褒めるように頷いていた。

「茜さんはどうだったのかしら？」

『聞いてみたらええやん』

さっそくメッセージを送ると、数秒後に写真とともに返事が来た。そこには、授賞式に出席してほしいと書いてある書面が写っている。

「すごい！　茜さん、入賞したみたい！」

まるで自分のことのように気持ちが昂り、思わず茜に電話をした。

『瑠璃ちゃん～！』

「忙しかったですか⁉」

茜の切羽詰まった声音に焦ると、『違う違う』と返ってきた。

『う、嬉しくて……わー、どうしよう！』

どうやら茜は泣いていたらしく、ぐずぐず鼻を啜る音が聞こえてくる。瑠璃は心の底からおめでとうを伝えた。

「茜さんが受賞したの、すごく嬉しいです」

『瑠璃ちゃんのおかげなの、ほんとに、嘘じゃなくて！』

聞けば、瑠璃に相談を持ちかけた時に伝えた一言がきっかけで、絵を根本的に描き直したのだという。

『私ね、あの頃は本当に焦ってて。ミチコさんとまた一緒に絵を描きに行かなきゃって、義務みたいに感じてすごくつらくなっていたの』

「そうでしたか」

『その時瑠璃ちゃんが、相手を思うってことを教えてくれたんだよね』

それは文房具屋の奥さんから、そして長谷から伝わってきたものだ。

『なんとなく楽しくなかったんだよね、大好きな絵を描いていても。でも瑠璃ちゃんから教わったことを意識してから、ものすごく楽しくて楽しくて……』

「よかったです、茜さん。早く絵を観に行きたいです」

恥ずかしがる茜は、まだ鼻をすすっていた。

『また一緒にお茶しましょう、瑠璃ちゃん。私の仕事ももう落ち着くから』

「楽しみにしています」

電話を切ると、温かい気持ちが胸いっぱいに広がってくる。

自分が受賞できなかったのは残念かもしれないが、それ以上に嬉しい報告が聞けたのが誇らしい。

「そうだ、桃子にも連絡しなくちゃ」

応援してくれていた桃子や母、そして陰ながらきっと心配してくれていただろう父にも報告のメッセージを送る。すぐに桃子から連絡が返ってきた。その数分後に母から、そしてずいぶんあとになってから父から『頑張ったな』の一言が届く。

ついで、小休止を終えようとしたところで、今度は瑠璃の携帯電話に桃子からいきなり着信があった。

『お姉ちゃん、市美展お疲れ！』

「ありがとう！」

明るく返すと、桃子は『わーお！』と驚いた様子で声を上げた。

「何、桃子のその反応は？」

『好きな人に褒めてもらえなくて悔しい！　ってなってるかと思いきや……あれ、もしかして先生のこと好きじゃなくなった？』

瑠璃はさすがに呆れた。

「そんなことあるわけないじゃない。先生のことはずっと大好きよ」

『……ふぅん。それってやっぱり、恋愛対象としてじゃなくて、人として好きってこと？』

瑠璃は桃子の言う『好き』が、自分とずいぶん認識が違っていることにびっくりしてむせた。

以前、それは恋じゃないと言ったはずだ。それなのに、桃子は瑠璃と龍玄との関係をどうしても恋愛と結び付けたいらしい。

「人として好きって、そんなの当たり前よ。それに憧れのその先っていうか……」

桃子は「つまんないのー」とふてくされた。

「あのね。先生は雇用主で私のことを受け入れてくれた大事な人で、すごく尊敬しているしもちろん男性としても魅力的だけど――」

『あーはいはい、まあいいや。どうせお姉ちゃんが激ニブで、自分の気持ちにも気づいてないだけだろうし』

桃子は軽く瑠璃を遮った。意味不明なことを言われた瑠璃は、ムッと眉根を寄せる。

『ところで話を戻すけど、出してよかったね』

瑠璃はため息を吐いたあとに、ふふっと笑みが漏れた。

「……桃子、応援してくれてありがとう」

『うん！　なんだかあたしも嬉しいや！』

楽しそうな桃子につられて、瑠璃も弾むような気分になってきた。電話を切ると、ウキウキした気持ちが大きく膨らんでくる。

（そっか。そのままの自分でいいって、みんなにも龍玄先生にも受け入れてもらえているから、こんなにも満たされているんだ）

今まで自分の存在価値を証明するものが、テストでの高得点や、受賞などのタイトルだった。

目に見える安心材料や数値があれば母には心配されないし、父も文句を言ってこなかった。

それが『普通』の自分の価値だと思っていたが、そうじゃないのだ。

出品を誘ってくれた茜との出会いをきっかけに、この一か月ちょっとで変わったことがたくさんある。

色々な人に支えられ、もののけ達に見守られ、一歩ずつ前に進めたのだと実感した。

「……出品してよかった」

『そう思えたなら万々歳やな！』

フクの満足そうな声が聞こえてきて、瑠璃は大きく頷く。

『先生にも伝えないとな。あの人もずいぶん瑠璃のことで悩んどったし』

「先生が？」

『そらそうや。じっと黙って見守っててくれたやろ？』

瑠璃の作品について、あえて黙っていた龍玄の優しさが心に沁みる。そのおかげで道を切り開けた。

「そうね。画題が決まらない時に、ああしろこうしろって言われていたら、むしろ逆に迷子になっていたと思う」

これで本当にいいのかと悩みが深まっただろうし、入賞しなかったら彼のアドバイスを無駄にした自分に嫌気がさしていたことだろう。

「あえて悩ませてくれたんだよね、私のために」

おかげでたくさん迷ったけれど、心からよかったと思える結果になっている。

（本当に、先生には感謝しかないわ……）

憧れを超えた気持ちと桃子に説明したのだが、冷静になって考えると、それはただ素直に龍玄を好きということかもしれない。

（えっ⁉　私、先生のことをまさか本当に好きってこと……⁉）

今さらだが、桃子に言われたことを深く突き詰めようとして、瑠璃は思考を放棄した。考えれば考えるだけ、龍玄とまともに会話できなくなりそうだ。

『どうした瑠璃、すごい顔しとるで？』

フクに言われて、瑠璃は思いきり首を横に振って龍玄の笑顔の残像を頭から追い払う。

「なんでもない！　さてと、雑草抜きの残りをしようかな！」

瑠璃は立ち上がってぐんと伸びをする。初夏の太陽が眩しかった。

＊

龍玄とともに出品作を観に行くことになったのは、会期が始まってすぐのことだ。

瑠璃はずっと、龍玄と出かけるのを待ち望んでいた。

「瑠璃の作品をきちんと観るのは今日が初めてだな」

「ふふふ。楽しみにしていてくださいね、先生」

そう。お互いの作品は完成してから見せ合おうという約束の通り、瑠璃もいまだに出品作を龍玄にお披露目していない。

「もちろん楽しみだよ。君が頑張っていたのは知っているから」

温かい眼差しを向けられると、なんだかこそばゆい。桃子に言われたことも相まって、瑠璃はコホンと咳払いをしながら顔をわざと逸らした。

「期待値を上げるような言い方をしましたけど、そこまでしないでくださいね」

「わかったわかった」

くすくす笑っている龍玄は機嫌がいいらしい。歩きながら会場に向かっていると、入り口の手前で見慣れた人物がいた。

「あ、あれ……長谷さんに奥さん？」

瑠璃が近寄って声をかけると、振り返った青年と婦人が目を丸くした。

「瑠璃ちゃん⁉ っていうことは……やっぱり先生！」

長谷がたいそう喜びながら両手で大きく手を振る。龍玄は途端に眉間にしわを集合させて仏頂面になった。

「……大仰すぎるだろうが」

「だってまさかまさかのタイミングですし、驚いちゃって！」

長谷の眉毛が八の字になる。

「そういえば、先生って奥さんとお会いするの初めてじゃないですか？」

瑠璃に言われると、龍玄は「ああ」と少し驚いた顔になった。

瑠璃にとってよく知っている二人が、初めましての挨拶をかわしているのは不思議な気分だ。

「初めてお会いしたのに、なんだかずっと以前から、よく知っているようだわ」

「奥さん、それは先生の画材をずっと用意していたからですよ。ね、瑠璃ちゃん！」

長谷に同意を求められて、瑠璃は頷く。彼のおつかいの手伝いをしていた時から、遠い存在の龍玄のことをなぜかよく知っていたのだから。

「お二人は展示を見終わったあとですか？」

パンフレットを手に持っていたのを見つけた瑠璃が聞くと、長谷と奥さんは顔を見合わせて笑顔になった。

「瑠璃ちゃんの作品、すっごいよかったわ」

「俺は、総理大臣賞あげたいくらいの傑作だと思っているよ！」

あまりにも褒められて瑠璃は慌てた。

「そこまでの作品じゃないです……でも」

一度言葉を区切ってから、瑠璃は二人に向き直った。

「自分が今大事に思っているものを描こうと思ったんです」

「さすがね、瑠璃ちゃん。あなたの気持ちがしっかり伝わってきたわよ」

奥さんは上品に微笑んだ。長谷も「同じく！」といつも以上にニコニコする。

「素敵な作品が観られてよかったわ。また、お店にも遊びに来てちょうだい。もちろん、お手すきの時は龍玄先生もいらしてくださいな」

話を振られた龍玄は、奥さんに小さく会釈を返した。様子を見守っていた長谷が、思い出したようにぽんと手を叩く。

「そーだ！　俺、名刺を新しく刷り直したんだった。瑠璃ちゃんに渡したいんだけどいい？」

「もちろん頂戴します」

長谷は胸ポケットに手を入れそうになってから、スーツではなく私服だったことに気付いて舌を出した。斜めがけの鞄から名刺を取り出すと、瑠璃に一枚渡す。

「先生も――」

「俺はいい。長谷の番号くらい覚えている」

それは逆に長谷を喜ばせる結果となり「先生～！　尊敬してます！」と引っ付かれそうになって龍玄はぎょっとする。その間に瑠璃はもらった名刺を奥さんと一緒に見つめていた。

「長谷さん、新しい名刺すごく素敵です‼」

「でしょう？　世界一カッコいいと思ってる！」

そこには、まるまるとした河童《かっぱ》の絵が印刷されていた。龍玄が長谷のためにと渡した、小さなもののけの絵だ。名刺に印刷するといいという龍玄の言葉を、長谷は素早く実行したらしい。

「原画は俺の宝物にしたんだ。大事なものが増えるって、なんだか強くなれるような気がするね。毎朝見るたびに頑張ろうって思うもん」

「あら、長谷さん素敵な考えね。私も見習わなくっちゃ」

「奥さんにはまだまだかないませんよ～」

瑠璃は笑いながら二人の絶妙なやり取りを聞いていた。

長谷の家にも、もしかするともののけ達が集まっているかもしれない。悪戯《いたずら》好きのもののけだろうなと、想像するだけでワクワクする。

二言三言世間話を交わしたあと、龍玄が「そろそろ行くか」と促してくる。どうやら、長谷に褒められたのが照れ臭かったようだ。

「奥さんに長谷さん、お二人とも気をつけて。またお店に伺いますね」

「じゃあ瑠璃ちゃん、楽しんでね！」

去っていく二人を見送ってから、瑠璃と龍玄も会場に入った。

「へえ、けっこうたくさん作品があるんだな」

「小学生から、九十歳の方まで……幅広い人たちが出品されているようですね」

並んで鑑賞しながら、面白い絵の前で立ち止まってぽつぽつ会話を交わす。龍玄は彫刻や写真の作品も熱心に見ており、美術が心から好きなのが伝わってきた。

会場の中央より奥に来ると、瑠璃の作品はもうすぐだ。

龍玄の足が一歩作品に近づくにつれ、胸がドキドキしてくる。

そして――

「まさか……」

絵の前で立ち止まった龍玄が、ぽかんと口を開けた。心底驚いている様子に、瑠璃は思わず笑顔がこぼれる。

「これが、君の作品か」

「そうです。びっくりしましたか？」

「まあ――……そうだな……」

言葉が出てこないくらいには驚いたようだ。

画面のあちこちに散らかっている、ばってんがつけられたもののけ達の下絵。

雨露に濡れた庭の新緑を背景に、机に肘をついて固まっている端正な顔立ちの男性。

――瑠璃が描いたのは、制作依頼に悩む龍玄が固まっていた時の姿だ。

カフェに来店する客のことを思い、それを見て店主が喜ぶ様子を想像する。そうやって自分にできる精一杯を探していた龍玄の制作風景は、瑠璃の目にあまりにも美しく映った。

「忘れてくれと言ったはずだが……」

「ごめんなさい。忘れたくなかったので、こうして絵に描いてしまいました。何気ない日々の中にある幸せを……それを教えてくれたのが先生だったから」

龍玄はさすがに恥ずかしさが頂点を迎えたようで、髪を掻きむしるとがっくしと肩を落とした。

ほんの少し頬に朱がさしたようになっているのは、照れている証拠だろう。顔半分を片手で覆ったままだ。

「自分が描かれているとは思わなかった。そりゃあ、もののけ達に瑠璃の制作を邪魔するなと、思いっきり通行止めを食らうわけだ」

「そうだったんですか？」

「ああ」

　会場の中央にある椅子に向かって歩き出し、そこに座った龍玄に続き、瑠璃も隣に腰を下ろした。

「根を詰めているから茶を出そうと思ったのに」

「それでお出汁を淹《い》れてくださったんですね」

「大失敗だったな。もののけ達を蹴飛ばしてでも、部屋に入って瑠璃の制作を止めておくべきだった」

　それは困るとギョッとしていると、冗談だよと頬をつままれた。

「ありがとう。君が大事に思っているものの中に、俺を入れてくれて」

　龍玄はなんとも言えない優しい眼差しで瑠璃の作品を見つめていた。

「私にもののけが見えたら、あの絵の中にたくさん描き入れたかったんですけどね」

　残念に思っていることを伝えると、龍玄はニヤッと笑った。

「いいことを教えようか」

「なんですか？」

「もう少し寄ってくれ。大きい声で言うとあれだから」

瑠璃が距離を詰めると、龍玄は瑠璃に肩を寄せて顔を近づけてきた。肩が触れあい、服越しにじんわりと体温が伝わってくる。

「君の絵の前に、もののけ達が集まっている」

「え？」

「たくさんというか……こんもりしている」

龍玄がわかりやすいように、さらに詳しく説明をしてくれた。

自分の作品の前にもののけ達が集合しているのを想像すると、描いてよかったという気持ちが強まってくる。自分に見えなくとも、それが見える人が隣にいてくれるだけで十分だと思えた。

「瑠璃はもののけに好かれすぎだな」

「それは先生も一緒ですよ」

くすくす笑って一休みをしてから、二人は席を立つ。

瑠璃の作品の前で騒いでいるもののけ達の姿を、龍玄は名残惜しそうにしながら見つめていた。

ゆっくり観賞しながらさらに角を曲がった時だ。龍玄がふと歩みを止めた。

「どうしました？」

「彼女は、瑠璃の友人じゃないか？」

車椅子に座った老婦人と、その後ろに立つ髪の毛の長い女性の姿が視界に入った。

「茜さん、来ていたんだ！」

挨拶をしようと近づいたのだが、寸前で龍玄の手に止められた。鋭い龍玄は何かを感じ取ったらしい。

「様子を見てから、声をかけたほうがよさそうだ」

「わかりました」

少し下がったところで、ほかの作品を眺めながらそれとなく茜と老婦人に注意を向ける。車椅子に着座している女性の顔を確認すると、やはり瑠璃が施設に行った時に出口で会話した女性だった。

（あの方《かた》が、ミチコさん――）

もしそうなら、茜は何か言われてしまっているかもしれない。瑠璃は気になってしまって、龍玄の袖口をつまんだ。

「先生。あの女性は怒っている様子……ではないですよね？」

「そうだな。どちらかと言えば、穏やかに見える」

二人は一枚の絵の前で止まったままじっと動こうとしない。会話しているようにも見えないので、作品に見入っているのだろう。

瑠璃たちはそのフロアの作品を見終わってしまった。茜たち二人はいまだに作品の前から動いていない。瑠璃は距離を取りつつも、そっと彼女たちの後ろから展示作品を覗き込んだ。

（あっ……！）

絵画が見えた瞬間、瑠璃は両手で口元を覆った。

二人が見入っていたのは茜の作品だった。

題名の下に貼られた金色の紙に『受賞』の文字が印刷されている。そして――

「……良い作品だな」

龍玄の声がして見上げると、彼は口元をほころばせていた。

（そっか……風景じゃなくて、二人の未来の絵を描いたのね）

壁に掛けられているのは、車椅子の女性と茜自身が一緒になって笑っている人物画だった。

「私、茜さんの作品が受賞した理由がわかった気がします……」

二人の後ろから作品を見て、瑠璃が確信を持って頷いた。

茜は、ミチコと二人でまた出かけたり絵を描いたりしたかったのではない。

笑い合いながら、彼女と一緒に楽しく日々を過ごしたかったのだ。

そんな根本的な茜の思いがひしひしと伝わってくる作品に、瑠璃は立ち尽くしていた。

「――……茜ちゃん、あのね」

突如口を開いたのは、車椅子の老婦人だ。声が聞こえる距離にいた瑠璃は、龍玄とともに耳を澄ませる。緊張した様子で、茜は腰を折るようにして老婦人――ミチコの横に屈む。

「あなたにたくさん謝らなくちゃいけないの」

「そんなことないですよ」

「私もまた茜ちゃんと一緒に絵を描きたかったの。でも、できなくなってしまって」

ミチコは言いながら手をぐーぱーする。多少震えているのが瑠璃の目にも明らかだ。

「茜ちゃんが、私のことを気にかけてくれている気持ちも、ちゃんとわかっていたの。どうしても元のように生活できないのがつらくて、自分自身に苛立っていたわ」

茜はぐっと息を呑み込んだ。

「あなたが絵を見せてくれるたびに、動かせない自分の手に嫌気がさして八つ当たりしていたの。茜ちゃんは、何も悪くないのに」

「……私もミチコさんの気持ちをわかったつもりで、勝手に押し付けていたから」

茜の声はかすれていた。

「ごめんなさいね、茜ちゃん」

ミチコの一言に、ついに茜の目から涙がポタッとこぼれた。慌ててごしごし服の袖でこすってぬぐう。

「私こそ、ミチコさんにつらい思いをさせてごめんなさいって……ずっと思っていて」

「こんな素敵な絵を描いてくれて嬉しい。また一緒に絵を描けるように、リハビリ頑張ろうって思えるわ」

茜は声にならないまま、目元を押さえつつ何度も頷いていた。

「美人なんだから、顔をごしごししちゃダメよ」

ミチコの呆れ声に茜は唸りながら首肯するが、ごしごしは止まらない。

「今日は茜ちゃんに、これを渡そうと思っていたの」

顔を真っ赤にしている茜にミチコが差し出したのは、紫陽花がステンシルされた手紙だ。

「私にですか？」

「開けてみて」

茜はそれを受け取ると、中身を取り出す。

「私の精一杯の気持ちよ。ありがとう、茜ちゃん」

さらに顔をくしゃくしゃにしながら、茜は泣き始めた。

「ミチコさんからのこの手紙、大事にします」

「初めてステンシルを試してみたんだけど、けっこうよくできたと思うの」

「はい、素敵です！」

一部始終を見守っていた瑠璃は、ホッとして肩から緊張が抜けた。

「瑠璃、二人に声をかけてくるかい？」

「大丈夫ですかね、私が行っても……」

瑠璃が心配そうにしていると、龍玄は「今なら平気さ」と瑠璃の背を軽く押してくれる。

一歩前に進み出た瑠璃は、ティッシュを鞄から取り出す。それを差し伸べながら、茜に挨拶をした。

龍玄は笑い合う三人の姿を少し離れたところで見守りながら、よかったなとにっこりしていた。

会場から戻るついでに、瑠璃と龍玄は緑青のいる大仏池に立ち寄ることにした。

せっかくのお天気なので、歩くのも気持ちがいい。しかし、人酔いする龍玄のためを思って、なるべく裏道を通るようにした。

「先生、私が提案したステンシルが、茜さんの施設でとても人気だったそうです」

「そうか。頑張ったかいがあったな」

表通りだろうと裏路地だろうと、この辺りは野生の鹿がたくさん歩いている。瑠璃は彼らの頭をツンツン撫でながら、元気よく頷いた。

「それで……今度、施設に来て絵の講師をやらないかって」

「茜さんはやり手だな。瑠璃をヘッドハンティングするとは」

「そんなたいそうなことじゃないです！」

それは優秀な人材に使う言葉だと瑠璃がわたわたすると、龍玄に意地悪な顔で覗き込まれた。

「でも、人から頼られるのは、君からしたら嬉しいだろう？」

「……はい」

なぜか得意げに微笑まれて、瑠璃は口をちょっと尖らせた。

「前向きに検討してみるといい」

「いいんですか？」

「瑠璃のキャリアを邪魔する必要が、俺にあるわけないだろう」

そう言ってもらえて、瑠璃は安心した。

助手兼手伝いの仕事をないがしろにするなと言われるのではないかと、ほんの少しだけ心配していたのだ。しかし、それはまったくの杞憂に終わったようだ。

ホッとしながら歩き出すと、龍玄に小さく肩を小突かれる。

「その顔は……また、俺のことを見くびっていたな？」

「違います。でもだって、先生は特に取材だとけっこう物言いが厳しいといいますか……ごめんなさい、言い訳です。本当は、怒られるかと思っていました」

龍玄は眉根を寄せて大きくため息をるく。

「怒るわけないだろう。素直に嬉しいくらいだ」

「先生が嬉しいって、どうしてですか？」

「瑠璃に仕事の依頼が来ることを、誇りに思わないわけがないだろう？　君自身の努力で掴んだことなんだから」

ぽんぽん頭を撫でられると、嬉しくてつい瑠璃の顔がほころんだ。龍玄の、人のことをまるで自分のことのように喜べるところが、素直に瑠璃は好きだ。

「ありがとうございます。もし講師の話が進んだら相談に乗ってください」

「俺にできることは少ないが……わかった」

「もちろん先生の助手のお仕事も、きちんとしますから！」

「まだ辞めてもらったら困る。瑠璃がいないと野垂れ死にしかねん」

「先生は、帯を結ぶのが苦手ですもんね。お料理も……」

「そういうことだ。君がいるうちは、格好つけずに存分に甘えさせてもらうことに決めた」

仕方ないなと瑠璃は笑ったが、どういう形であれ頼ってくれるのは嬉しい。

大仏池に到着すると、以前、亀と話をした場所まで龍玄を案内した。今日も岩の上で彼らは甲羅の天日干しをしている。きょろきょろしながらまたあの亀がいないか探していると、龍玄に腕を持たれて引っ張られた。

「緑青だ」

瑠璃に姿は見えないので、龍玄の視線の先を追う。

「こっちに気がついた。来るまで待とう」

近くのベンチに座りながらしばらく待っていると、龍玄の瞳が揺れ動いて、口元に笑顔が見えた。

「元気にしていたか？」

『龍玄先生に瑠璃ちゃん、わざわざ来てくれはったの？』

緑青のはつらつとした声音に、池での暮らしに問題がなかったのだとわかる。彼は龍玄の隣に腰を下ろしたようだ。

「こんにちは、緑青。ここでの生活はどう？」

『ええ感じよ。皿ももう痛くないしな、すいすい泳げる』

「伍の治療が効いたのね」

『瑠璃ちゃんたちはどう？　ええ感じか？』

瑠璃は龍玄とともに市美展に作品を観に行ったことを話すと、たいそう喜んでくれた。

『いい絵やったもんなぁ、あれは。なあ先生？』

「なんだ緑青のにやけた面は」

龍玄は不審そうな表情で、瑠璃に通訳を求めてくる。うまく伝えると、龍玄はまた照れてしまったようだ。

『ワシもあとでキャサリンと観に行くわ』

「……キャサリン？」

緑青の口から出てきた聞き慣れない単語に、思わず眉をひそめる。

『ああ、まだ紹介してへんかったな』

怪訝な顔をし始めた瑠璃に、龍玄も首をかしげる。瑠璃は緑青の言葉を慌てて通訳した。

「先生、緑青がキャサリンを紹介するって……」

「……はあ……？」

キャサリンとはいったい何者だろうか。

二人でしばらく待っていると、池の中から亀がゆっくり這い上がってきた。

「まさかその亀さんが？」

瑠璃が緑青に向かって訊ねると『せや』と返ってきた。

『この子がワシの恋人のキャサリンや』

「こっ……恋人⁉」

思わず素っ頓狂な声を上げてしまい、龍玄が驚いた顔をする。

『あの時、瑠璃ちゃんが話をしてくれたのがきっかけで、お付き合いすることになったんや』

「そうなの⁉」

驚きの連続で、もはや瑠璃の思考は現状に追いつかない。

緑青が事細かに説明してくれるのを龍玄に通訳すると、みるみる彼の眉間にしわができあがっていく。

「まとめると、河童《かっぱ》に亀の恋人ができて、付き合うきっかけが瑠璃だということか？」

「おそらくそのようです。私も、何がなんだかさっぱりで」

瑠璃が目を白黒させていると、龍玄はううむと唸った。

「……ひとまず、めでたいということでいいのか？」

『せや。二百年生きて、初の恋人や』

「にひゃっ……⁉」

瑠璃は深呼吸して、心を落ち着かせてから龍玄に話す。

「長生きだな、河童《かっぱ》は」

『窮鼠のほうが長生きやで。伍も八百くらいいっとるんとちゃうか？』

もはや想像ができなくて、瑠璃はお手上げだ。

『ところで瑠璃ちゃん、ワシの恋路も応援してくれるか？』

もちろんとこぶしを握りしめて身を乗り出すと、龍玄が隣でくすくす笑い始めた。

「でも、緑青とキャサリンはどうやって会話してるの？」

思い返せば、初めてキャサリンと会話した時は、伍が間に入って翻訳してくれた。

そんな疑問を向けると心なしか胸を張ったような声が聞こえてきた。

『ワシがキャサリンに日本語を教えとんねん』

「すごいわ！」

『そんでもって、ワシはキャサリンから外国語を教わってる。ちょっとだけ覚えたんやで。めちゃ難しいけどな』

瑠璃は感心してしまった。

『まだまだ通じひんことも多いけど、ゆっくりお互いのペースでやっていこうって決めたんや』

「素敵だわ。キャサリン、緑青のことをよろしくね」

瑠璃が話しかけると思いが通じたのか、キャサリンはひょこっと首を伸ばしてくれた。

「今度はぜひ、キャサリンともお屋敷に遊びに来てね……先生、いいですよね？」

龍玄は複雑な顔をしていたが、仕方ないと頷く。

「亀も長生きすれば霊獣になるというし……まあ、もののけと大差ないか」

「大差はあると思いますが、友達が増えると嬉しいし楽しいです」

龍玄は肩をすくめたが、嫌がっている様子ではなかった。

――客人まで人じゃなくなったと呟いてはいたが。

『おーい、回診だよぉ』

そんな様子にくすくす笑っていると、可愛らしい小さな声が瑠璃の耳に届いた。瑠璃が辺りを見回すと、龍玄にこっちだと指をさされる。龍玄の手のひらの上にどうやら伍がいるようだ。

『瑠璃ちゃん、先生久しぶり。元気にしとった？』

挨拶するなり、伍はすぐに緑青の頭の皿の様子を確かめ、風呂敷から取り出した薬を塗ったらしい。

直後、プップッと複数の鳴き声が聞こえてきたことから、救急窮鼠隊が勢揃いしているのだと予想がついた。

「私は元気よ。お兄さんたちも来ているの？」

『うん。瑠璃ちゃんの後ろにいるよぉ』

龍玄を見上げると「伍しか見えていない」とぶすっとした顔で言われた。

「窮鼠はかくれんぼが好きなようだな。相変わらず尻尾は見えているが……」

龍玄が言った瞬間、兄たちは大慌てで尻尾も隠したに違いない。見えなくなった、と低い声で呟く龍玄を笑いながら、瑠璃は肩にいるであろう伍に向き直った。

「伍も元気そうでよかった。お仕事頑張ってね」

『瑠璃ちゃんのお布団のおかげで、とってもよく眠れるの』

伍の報告のあと、あちこちからわーわー騒ぐ声を瑠璃の耳が拾い始める。

『ずるいわぁ、弟だけ名前もらって』

『せや、お布団までもろて、ええなあ』

『僕もふかふかで寝たいよぉ……』

伍は自慢げにプップッと鳴いている。

「よかったら、お兄さんたちにも作ってあげるわ」

瑠璃の提案は、言い終わらないうちに歓声で掻き消された。瑠璃はニコニコしながら、喜ぶもののけ達に耳を澄ませた。

「完成したらフクに伝えるね。お屋敷に取りに来てもらってもいいですよね、先生？」

「いいぞ」

家主の許可をもらったところで、瑠璃は隠れているという兄弟たちに向き直る。

「みんな、龍玄先生は怖くないわ。伍から聞いているでしょう？　優しい人だから、姿を見せてくれない？」

それでもしーんと静まり返っているので、瑠璃は頭を捻った。

「自分のだってわかりやすくするために、お布団の模様の色を一人一人変えてあげる。みんなの風呂敷と同じ色味にしてあげたいんだけど、私には見えないの」

困ったなあと、瑠璃はあからさまにため息を吐いた。

「先生なら見えるんだけどなあ……それとも、お兄ちゃんたちはみんな一緒の色でいいのかしら？」

瑠璃の作戦が功を奏したのか、窮鼠達が恐る恐る姿を見せたようだ。龍玄の瞳がみるみる笑顔の形になっていく。一瞬だけだったとしても、彼らの姿をしっかり瞳に焼き付けてくれたはずだ。

『――あ、急患やって！』

その声に、窮鼠達に一瞬にして緊張が走る。

『じゃあもう行かなくちゃ。瑠璃ちゃん、またね！』

伍を見送った緑青が『相変わらず慌ただしいのぉ』と呟いていた。

「みんな元気そうで安心したわ」

『健康と笑顔なのが一番やな』

キャサリンと、日本語の勉強会という名のデートがあるという緑青と別れた。

戻ったらすぐに、龍玄に伍の兄達を描いてもらおう。そして、夜には彼らの布団を作ってあげよう。

そんなことを考えながら、瑠璃と龍玄はいつもよりも心なしかゆっくり歩いた。

エピローグ

「しかし、河童《かっぱ》に恋人とは驚いたな」

「それも外国の亀さんですよ。でもなんだかほっこりしますね」

屋敷に向かいながら、瑠璃と龍玄は先ほどのびっくりした出来事を反芻していた。

「まあいいことだな。大事な人ができるというのは」

「そう思います。緑青も楽しそうにしていましたし」

緑青の報告に驚いてずいぶん池でゆっくり過ごしていたので、すっかり昼食の時間を過ぎていた。

「先生、お腹すきません？」

「ん、まあ……多少は」

「帰ったらおやつを食べましょう。それを昼食の代わりにして、お夕飯は少し早めに準備します」

わかったと龍玄は頷き、そして首をかしげる。

「晩のメニューはなんだ？」

「今夜はそうめんと鶏肉を蒸したものを……」

言いかけたところで、瑠璃は足を止める。どうしたんだと龍玄も振り返った。

「キュウリ、買い忘れました」

「買い物に寄っていくか」

ちょうどこの先に、いつも立ち寄るスーパーがある。

「すみません、うっかりしていて。それになんだか、前にもこんなことがあったような」

「あの時もたしか、買い忘れていたんだったな」

「ぼうっとしすぎですね。気をつけます」

謝らなくていいのに、と龍玄は困ったような笑顔になった。

「いつもしっかりしている君の、ちょっと抜けているところは見ていて面白いんだがな」

「それは、褒めてくれているんですよね？」

「もちろんだ」

ならいいのだけれど、瑠璃としては仕事なのだからできるだけしっかりしたい。

やはり彼には、少しでも自分のいいところを見てもらいたいのだ。

「……先生。以前の私は、賞を取れなかったら悔しくて泣いていたと思います」

桃子に言われたことを伝えると、龍玄は腕組みしながらちらりと瑠璃を見下ろした。

「自分が認められなかったんだって、勝手に落ち込んでいたかもしれません。決してそんなことないのに、悲観的に考えちゃったと思います」

でも今は、目に見える形だけがすべてではないと知っている。

「なにも華々しい結果だけが、自分が認められている証拠だとは限らないんだと学びました」

「そうだな。結果は結果というだけだ。もちろん、それが大事な時もあるが」

「そこまでの道のりで、何を学んだか、感じたか……それによって、きっと心の豊かさが変わっていく。そんな気がします」

瑠璃はいっぱい悩んでいっぱい助けられた。たくさん勘違いもしていたし、たくさんの思いやりに触れることができたこの数か月だった。

「ちょっとだけ、前に進めた気がします」

途端、龍玄にぽんと頭を撫でられる。

「悩むということは、前に進んでいることだ。現状維持していたら、壁にはぶつからないから」

「そうですね」

瑠璃が相槌を打つと、龍玄はさらに付け加えた。

「遠回りしたとしても、実はそうじゃないことだってたくさんある。全部、自分にとって必要だったと思える時が来るよ」

悩んで苦しかったことも、きっとすべて自分のためになる。

「私は今回、受賞よりも価値のあるものをもらえたような気がします。でも、賞を逃したことが、悔しくないというわけではないんですけどね」

やはりもらえるものがあるなら、欲しいと考えるのが人というものだ。そしてその欲を、完全に捨て去る必要はない。

「……じゃあ、そんな瑠璃に俺から特別賞を渡そうか」

龍玄が悪戯《いたずら》っぽい笑みを向けてくる。

「いいんですか？」

「もちろん。そうだな……『もののけいっぱいで賞』なんてどうだ？」

瑠璃は茶目っ気たっぷりなそれに、思わず足を止めて笑い崩れてしまった。

「そんなに笑うか？　いいネーミングだと思うんだが」

「最高です、先生。じゃあ私も僭越ながら、先生に賞をお渡しします」

途端に龍玄が優しい笑みになる。

「先生は『いっぱい悩んだで賞』です。その証拠は、会場に飾られています」

「おい、あんまりそれをほじくり返すな。恥ずかしいんだから」

珍しく龍玄がしどろもどろになってしまい、瑠璃はさらにくすくす笑いが止まらなかった。

スーパーに到着すると、お目当てのキュウリだけでなく、野菜や卵もついでに買い足した。会計していると、チリンチリンという音がレジの横付近から聞こえてくる。

「あ、また福引きやってるんだ……！」

瑠璃が表情を明るくすると、レジの従業員に「ぜひ帰りに挑戦して行ってくださいね」と声をかけられた。前回は花火が当たったのだという話をしながら会計を済ませ、気合いを入れて抽選器の前に立つ。

「先生、今日こそは私が、一回ですごいのを引き当ててみせますから」

「期待しているよ」

買い物が少ないので一度しか回せない。

瑠璃は気持ちを込めて、抽選器のハンドルを回した。

――チリンチリンと鐘が鳴らされて、瑠璃はつぶっていた目を開けた。緑色の小さな玉が視界に入ってくる。

「――……四等です、おめでとう！　花火セットね。お二人でぜひ楽しんで！」

渡されたのは、前回よりもさらに豪華になった花火だ。

思わず瑠璃は龍玄のほうを振り返る。龍玄も驚いた顔をしたあとに、嬉しそうに微笑んでいた。

「先生、またお庭で一緒にしましょうね」

荷物と大きな花火を持ちながら、瑠璃は足取りも軽く家に向かう。花火の文字を見ているだけで気持ちがウキウキしてくる。夏がやってくるのだとしみじみ感じていた。

「そうだ、もう今夜しませんか？」

「ずいぶん急だな」

「ですが、せっかく『もののけいっぱいで賞』を先生から賜《たまわ》ったことですし、受賞のお祝いに……」

龍玄はちらりと瑠璃を見下ろすと「まあいいか」と頷いた。

「やった！　先生も『いっぱい悩んだで賞』受賞ですから、ぱーっと楽しみましょうよ」

「わかったから、もうその賞の名前は言わなくていい」

龍玄は美しい顔をしかめて、困ったなと口を曲げていた。

「また浴衣を着ましょう」

「……兵児帯《へこおび》も締めてもらおうか」

突然のそれに、瑠璃ははたと足を止めた。

「それはご自分でできるっておっしゃっていたはずですよね⁉」

「今日は特別だから、瑠璃を当てにする……いや、違うな。今日からずっと、特別に瑠璃にだけ甘えることにする」

大好きな人に頼られるのはなんとも心地いい。だが照れ隠しで、瑠璃はちょっとだけ憎まれ口を叩いた。

「私ごときに安心しっぱなしはダメですよ、先生」

「瑠璃も、俺に存分に甘えてくれてけっこうだ」

そんな顔で言われたら、瑠璃が断れるはずもない。いつの間にか龍玄のペースに呑まれっぱなしで、たじたじになる。

瑠璃はありがとうございますと口の中で呟いて、先に歩いていく大きな背中を追う。

その日の夜も、賑やかだけど二人きりの庭で花火を楽しんだ。

線香花火が落ちるポシュッという音とともに、夏がこの街にやってくる——

◉定価：726円（10％税込）　◉ISBN:978-4-434-32175-7

貸《かし》本《ほん》屋《や》
七《なな》本《もと》三《み》八《や》の
譚《はなし》めぐり
茶柱まちこ
Machiko Chabashira

書物狂《ビブロフィリア》、怪異を紐解く！

「本」に特別な力が宿っており、使い方次第では毒にも薬にもなる世界。貸本屋「七本屋《ななもとや》」の店主、七本三八《みや》は、そんな書物をこよなく愛する無類の本好きであった。そして、本好きであるがゆえに、本の力を十全に発揮することができる。彼はその力を使って、悩みを持つ者たちの相談を乗ることもあった。ただし、どういった結末にするかは、相談者自身が決めなければならない――本に魅入られた人々が織りなす幻想ミステリー、ここに開幕！

茶柱まちこ
貸本屋
七本三八の
譚めぐり
書物狂、
怪異を紐解く！
「本」に魅入られた人々が織りなす幻想ミステリー！
アルファポリス文庫

◉定価：726円（10％税込）　◉ISBN:978-4-434-32027-9　◉Illustration：斎賀時人

この作品に対する皆様のご意見・ご感想をお待ちしております。

おハガキ・お手紙は以下の宛先にお送りください。

【宛先】

〒150-6008 東京都渋谷区恵比寿4-20-3 恵比寿ｶﾞｰﾃﾞﾝﾌﾟﾚｲｽﾀﾜｰ 8F
（株）アルファポリス　書籍感想係

メールフォームでのご意見・ご感想は右のＱＲコードから、
あるいは以下のワードで検索をかけてください。

アルファポリス　書籍の感想　検索

ご感想はこちらから

アルファポリス文庫

もののけ達《たち》の居《い》るところ2 ～夏《なつ》と花火《はなび》とつながる思《おも》い～

神原オホカミ（かんばら おおかみ）

2023年7月25日初版発行

編　集－古屋日菜子・森 順子
編集長－倉持真理
発行者－梶本雄介
発行所－株式会社アルファポリス
〒150-6008 東京都渋谷区恵比寿4-20-3 恵比寿ｶﾞｰﾃﾞﾝﾌﾟﾚｲｽﾀﾜｰ8F
TEL 03-6277-1601（営業）　03-6277-1602（編集）
URL https://www.alphapolis.co.jp/
発売元－株式会社星雲社（共同出版社・流通責任出版社）
〒112-0005 東京都文京区水道1-3-30
TEL 03-3868-3275
装丁イラスト－夢子
装丁デザイン－徳重 甫＋ベイブリッジ・スタジオ
印刷－中央精版印刷株式会社

価格はカバーに表示されてあります。

落丁乱丁の場合はアルファポリスまでご連絡ください。

送料は小社負担でお取り替えします。


ISBN978-4-434-32302-7 C0193